세상의 모든 연두

차례

바보 병신

"흥. 꼴값하고 있네, 병신 같은 게."

채아는 자신도 모르게 혼잣말을 내뱉고는 얼른 고개를 들어 엄마를 살폈다. 다행히 굳게 닫힌 안방 문의 안쪽에서는 어떤 기척도 들리지 않았다.

"휴우……."

채아는 가슴을 쓸어내렸다. 사실 허세 부리기 좋은 나이인 중학생들에게 '병신'은 욕도 아니다. '씨발, 존나, 미친, 개새끼' 정도의 욕도 욕이 아니라 그냥 추임새에 가깝다. 아무 말끝에나 의미 없이 따라붙는 추임새 말이다. 나쁘다는 것을 알면서도 쉽게 고칠 수 없는 몹쓸 습관 중 하나다. 엄마는 다른 욕은 못 들은 척 넘어가기도 하면서 유독 '바보', '병신'이라는 말에는 불같이 화를 냈다.

"박채아! 너 지금 뭐라고 했어? 엄마가 그놈의 '병신' 소리 하지 말라고 했어, 안 했어?"

엄마가 그 단어에만 유독 뾰족해져서 무섭게 화를 내는 데에는 이유가 있었다. 엄마의 아들, 그러니까 채아의 오빠가 '바보 병신'이었으니까.

'박채아 오빠, 박채준은 바보 병신.'

오빠를 바보라고 놀리는 말, 또 병신이라고 욕하는 말은 채아가 어려서부터 이골이 나도록 들은 말이다.

"우리 오빠, 바보 아니야! 우리 오빤 장애가 있는 거야!"

처음엔 채아도 엄마처럼 오빠를 향한 '바보' 소리를 들으면 화가 났다. 그래서 엄마에게 배운 대로 상대에게 악을 쓰며 항변하곤 했다. 장애를 놀리면 안 되는 거라고, 장애를 얕잡아 부르지 말아 달라고. 하지만 이내 지쳐버렸다. 자신을 놀리는 '바보 병신' 소리에도 그저 눈만 끔뻑거리고, 심지어는 '박채준은 바보 병신'이라는 그 말을 아무렇지 않게 고스란히 따라 하는 오빠가 정말 '바보 병신' 같았으니까. 그런 오빠를 보며 낄

낄거리는 아이들에게 맞서 더는 "우리 오빠는 '바보 병신'이 아니야!"라고 말할 자신이 없었다. 오빠를 '바보 병신'이 아니라고 우기면, 어쩐지 채아가 진짜 '바보 병신'이 되어버릴 것만 같았기 때문이다.

엄마는 오빠가 죽고 없는 지금도 여전히 '바보 병신'이라는 말에 예민하게 군다. 세상 흔한 그 말에 이제는 그만 무뎌질 만도 한데, 엄마는 여전히 날카롭게 날이 서 있다. 하지만 엄마가 아무리 날을 세운다 한들, 그 날카로움은 세상을 향할 수 없다. 그저 엄마의 가슴을 후벼팔 뿐이다.

'엄마도 바보인 걸까? 왜 엄마는 아직도 그 상처를 가만두지 못할까? 상처는 그저 가만히 놔둬야 딱지도 앉고 서서히 아물 텐데…….'

엄마의 상처에서는 오늘도 아프게 피고름이 난다. 채아는 그런 엄마가 안쓰럽다. 저 닫힌 문 안에서 오늘도 웅크려 흐느끼고 있을 엄마가. 하지만 채아는 엄마를 위로할 방법을 알지 못한다. 죽은 오빠를 되살릴 수도, 엄마 가슴에 묻힌 죽은 오빠에게 인제 그만 엄마에게서 떠나 달라고 사정할 수도 없으니까. 종일 커튼이 쳐진 어두운 방 안에 누워 끙끙 앓고 있는 엄마를 위해 채아가 할 수 있는 일은 아무것도 없었다. 그냥 바라보는 수밖에.

채아는 식탁 위에서 랩이 씌워진 과일 접시를 들고 조용히 방으로 들어와 문을 닫았다. 과일 한 조각을 입에 문 채로 채아는 조금 전 혼잣말을 하며 보던 영상을 다시 재생시켰다. 크롭티에 딱 달라붙는 레깅스를 입은 주희가 유명 걸그룹의 안무를 따라 하고 있었다. 카메라를 바라보고 찡긋 윙크까지 해 가며.

"쳇, 재수 없어. 예쁜 척 오지네."

채아는 입을 삐죽거리면서도 그 영상을 끝까지 봤다. 그리고 그 영상에 하트 흔적을 남긴 이들이 누군지 찬찬히 훑기 시작했다. 이따위 영상에 하트를 누르고 있는 정신 나간 애들을 골라내야 했다. 채아는 주희에게 하트를 날리는 애들과 가깝게 지낼 마음이 없다. SNS에서 채아와도 관계를 맺고 있는 이들이라면, 확 팔로우를 끊어버릴 참이다. 너무 유치한 건 아닌가 하는 생각을 하기도 했지만, 주희와는 어떤 관계로든 교집합을 만들고 싶지 않았다. 채아에게 주희는 조금도 곁을 주고 싶지 않은 끔찍한 아이이기 때문이다.

'뭐야? 정우빈? 이게 미쳤나. 너 딱 걸렸어!'

우빈이가 주희에게 하트를 눌렀다는 걸 확인한 채아는 머리에서 김이 올라오는 것 같았다. 채아가 붉으락푸르락하며 막 우빈이에게 메시지를 보내려는 찰나, 우빈이가 스토리에 새 게시물을 올렸다는 알림이 떴다. 채아는 서둘러 우빈이가 올린 스토리를 확인했다.

그림이었다. 짧은 단발머리 여학생 그림. 우빈이는 그림 그리는 것을 좋아해서 손에 항상 작은 스케치북을 들고 다닌다. 채아가 선물한 만년필이 꽂힌 스케치북. 우빈이는 어디서든 시시때때로 스케치북을 꺼내 들고 그곳에 쓱싹쓱싹 그림을 그리는 것을 좋아한다. 우빈의 스케치북엔 눈앞의 것들이 금세 고스란히 담겼다. 우빈이는 주로 매일 보는 평범한 풍경들을 그린다. 그런데 오늘은 누군지 알 수 없는 여학생의 모습이다. 가만 책을 보고 있는 단발머리 여학생의 옆모습.

'가만. 우빈이가 인물 그림을 그린 적이 있었나?'

채아가 잠깐 생각에 빠진 사이, 우빈의 그림 위로 '드디어 모솔 탈출 예정'이라는 글이 깜빡였다.

'으엥? 모솔 탈출?'

채아는 우빈이 게시물을 잘못 올린 건 아닌가 싶어 눈을 크게 뜨고 꼼꼼히 살폈다. 분명 우빈이의 계정이었다.

'도대체 이건 또 뭐야? 이 자식이 정말 나도 모르는 새 여친

이라도 생겼다는 거야? 레알?'

채아는 서둘러 우빈이에게 다다다다 메시지를 보냈다.

- 야! 정우빈, 너 뭐냐?

- 와우! 벌써 봤냐? 역시 SNS 중독자. 실시간이군.

- 그러니까 방금 올린 거 뭐냐고? 빨리 말해.

- 나 오늘 도서관에서 드디어 이상형 발견. 브이.

- 뭐? 도서관? 네가 거길 왜 갔는데?

- 엄마 심부름. 대출 도서 반납하러.

- 어쩐지. 안 어울리게 뭔 도서관인가 했네.

- 흐흐. 앞으로는 그녀를 만나기 위해 자주 갈 예정. 너도 앞으로 날

찾으려거든 도서관으로 와.

- 미친. 그러니까 저 여자애를 도서관에서 만났다는 거야? 누군데?

- 몰라.

- 몰라?

- 응. 아는 건 너희 학교 애라는 것뿐. 안 그래도 너한테 부탁하려고

했지. 네가 누군지 좀 알아봐 줘라.

- 우리 학교 애야?

- 어. 너희 학교 교복이던데?

- 그래? 우리 학교 교복을 입고 있었어?

- 응.

채아는 우빈이와 메시지를 주고받으며 그림을 꼼꼼히 살폈다. 도무지 누군지 감이 잡히질 않았다.

- 야! 좀 제대로 그리지, 이걸 보고 어떻게 사람을 찾아?

- 그것도 겨우 그린 거야. 이상형이 눈앞에 있으니 손이 떨려서.

- 미친.

- 너 학원 안 가냐? 얼른 내려와. 나 놀이터 앞. 만나서 얘기해.

채아는 서둘러 가방을 챙겨 집을 나섰다. 코흘리개 소꿉친구 정우빈의 모솔 탈출이라니, 그러니까 녀석에게 첫 여자 친구가 생길지도 모른다니……. 채아는 코웃음을 치면서도 가슴이 덩달아 두근거렸다. 주희에게 날린 하트를 따져 묻는 건 나중 일이 되어버렸고.

모솔 탈출

단지 내 놀이터는 노란색 유치원복을 입은 꼬마들로 시끌시끌했다. 꼬마 녀석들은 '지옥 탈출'이라는 잡기 놀이에 한창이다. 우빈이도 한때 심취했었던 시시껄렁한 잡기 놀이다. 우빈은 잔뜩 흥분해 뛰어다니는 꼬마들을 보며 배시시 웃었다.

"아이고, 그래. 너희들 참 '좋을 때'다."

자신도 모르게 입에서 꼰대 같은 말이 튀어나오자, 우빈은 뜨끔했다. 어른들이 '좋을 때'라고 하는 말을 우빈이 얼마나 싫어했던가. 대한민국의 중학교 2학년이 뭐가 그리 '좋을 때'라는 것인지, 우빈은 약 올리는 듯한 그 소리가 참 듣기 싫었다. 눈뜨면 학교에 가고, 학원에 가고, 숙제하고, 다시 눈 감고 끝.

이 지루한 일상을 '좋을 때'라니. 걸핏하면 '중2병'이라고 쑥덕거리면서 또 '좋을 때'라고 추켜세우는 어른들을 이해할 수 없다. 병든 나이가 어떻게 '좋을 때'가 될 수 있나? 게다가 이처럼 지긋지긋한 일상이 '좋을 때'라면, 앞으로는 도대체 어떤 세상이 펼쳐진다는 걸까? 인생은 정말로 갈수록 이보다도 더 재미가 없어지는 걸까? 거짓말……. 어른들의 세상은 그래도 좀더 자유로운 것 아닐까?

그래, 맞다. 자유. 우빈은 자유를 원했다. 뭔가 꽉 막힌 감옥 안에서 사는 것 같은 지금의 답답함과 지루함에서 벗어날 자유 말이다.

오늘 도서관에서 그 아이를 만났을 때, 우빈은 숨통이 트이는 기분이 들었다. 꾹꾹 짓눌러서 꽉 막힌 가슴에 시원한 바람이 훅 들어와 간지럽히는 기분, 간질거리면서도 탄산음료처럼 톡 쏘는 시원한 기분.

그 아이는 어린이 열람실 구석에 조용히 앉아 이어폰을 꽂고 그림책을 보고 있었다. 우빈이 한참 동안 훔쳐보아도 그림책에 둔 시선을 거두지 않던 아이. 헐렁한 교복에 파묻힌 작은 몸도, 중학생이 그림책을 보는 순수함도 우빈의 눈엔 너무 귀여워 보였다. 귀에 꽂은 이어폰에서는 무슨 노래가 흘러나오는지 궁금해 우빈이 조금 가까이 다가갔을 때, 그 애로부터 희미하게 느껴지던 꽃향기는 어쩐지 조금 신비롭기까지 했다.

'뭐야? 내게도 드디어 사랑이 찾아온 거야?'

이 기분을 사랑이 아니면 뭐라고 표현할 수 있을까? 우빈은 그 아이가 총총 도서관에서 사라질 때까지, 콩콩거리는 심박수를 느끼고 또 느꼈다. 콩콩거리는 가슴 위에 올린 우빈의 손이 촉촉하게 젖어 들었다. 이제 막 꽃망울을 터트리려고 봉곳이 솟아나는 저 가로수의 새순처럼 우빈의 가슴에도 그렇게 몽골몽골 첫사랑이 싹을 틔우고 있었다. 그렇게, 드디어 사랑이.

우빈은 그 아이 생각에 자신이 그린 그림을 꺼내 펼쳤다. 찰랑한 단발머리, 오뚝한 코가 가운데 자리 잡은 하얀 얼굴, 가느다란 손가락⋯⋯. 우빈은 미소를 머금은 채로 그림 속 그 아이를 눈으로 쓰다듬었다. 그때, 채아가 스케치북 위로 얼굴을 불쑥 내밀었다.

"아우, 깜짝이야!"

"헉헉. 야, 정우빈! 빨리 말해! 뭐야?"

"뭘 말해? 아까 다 말했잖아. 야, 인마! 진정하고, 신발이나 똑바로 신어."

운동화도 구겨 신고 나와 우빈을 올려다보는 채아의 얼굴엔 궁금함이 가득했다.

"아이참, 궁금해 죽겠네. 그러니까 네가 SNS에 올린 그녀, 정우빈이 무려 제 손으로 직접 그린 너의 그녀에 대해 다 말해, 얼른! 그녀를 만난 순간을, 처음부터 끝까지 하나도 빠짐없이 구체적으로! 빨리! 얼른! 다 말해보라고!"

"도대체 네가 왜 이렇게 흥분하는 거냐? 이미 다 말했다니까. 아까 말한 거, 그게 다야."

"엥? 정말 그게 다야?"

"그래, 나도 뭐 좀 더 있었으면 좋겠다."

"아우, 뭐냐? 시시하게."

"시시하다니! 이 오라버니가 첫사랑을 만난 역사적인 순간을 네가 어찌 감히 시시하다고 할 수 있지? 박채아, 너 오늘 무척 무엄하다."

"됐고. 정말 이름도 연락처도 아무것도 몰라?"

"몰라. 오늘 처음 봤는데 그걸 당장 어떻게 알아내냐?"

"아휴, 참. 넌 정말 글렀어. 이상형을 발견했으면 뭐라고 말이라도 제대로 걸어봤어야지!"

"나도 그러고 싶었는데, 대뜸 그걸 어떻게 물어보냐? 이상한 애라고 생각하면 어떻게 해?"

"아유, 네가 그러니까 여태 모솔이지! 그 정도 작업 멘트는 늘 대비하고 있어야 하는 거 아냐?"

"내가 사랑이 이렇게 느닷없이 찾아올 줄 알았냐? 그러니까 채아야, 네가 좀 알아봐라. 그 아이, 너희 학교라니까. 부탁한다."

"야! 이 그림을 가지고 어떻게 찾아? 다른 건? 다른 거 뭐 더 없어? 우리 아파트 사나?"

채아는 그러면서도 우빈이 들고 있는 스케치북을 빼앗아 꼼꼼히 살폈다. 단발머리에 이어폰을 꽂고 있는 아이, 창가에 앉아 책을 읽고 있는 아이. 하지만 눈도 코도 입도 또렷하지 않아 누군지 도무지 알 수 없는 그림이었다.

"우리 아파트에서는 본 적이 없는데……. 처음 본 애야. 초등학교도 우리 학교를 나온 것 같지 않아. 그 아이 엄마가 데리러 와서 도서관 앞에서 차를 타고 가더라고. 아무래도 이 근처 사는 애는 아닌 듯."

"아휴, 뭐야? 진짜 아무것도 없잖아. 그림도 좀 제대로 그리든지……. 에잇. 꽝이다, 꽝."

"꽝? 박채아, 너 딱 기다려. 내가 이번에 반드시 모솔 탈출한다."

"어이구, 그러서? 이름도 연락처도 모르면서 어느 세월에 모솔 탈출 하시려나? 어디 잘해보서."

혀를 쪽 내밀며 우빈을 약 올리던 채아가 이제야 생각났다는 듯 얼굴색을 싹 바꿔 따져 물었다.

"아, 맞다! 그건 그렇고, 너 왜 주희 영상에 하트 날려? 모솔 탈출할 거면 주희 SNS엔 신경 끄서!"

"대박! 그건 또 어떻게 봤냐? 넌 주희한테 관심 없다면서 주희 SNS는 다 뒤지냐?"

"뒤지긴 누가 뒤졌다고 그래? 네 하트만 눈에 딱 들어 오더만. 당장 지워, 그 하트!"

"아우, 뭘 또 지우래? 주희가 연습 영상 올렸길래 응원 차원에서 하트 하나 날린 걸 가지고……."

"야! 정우빈, 너……."

독이 잔뜩 오른 채아가 말없이 야무지게 우빈을 노려봤다. 우빈이 슬금슬금 그 눈빛을 피하며 작은 목소리로 말했다.

"박채아, 너야말로 도대체 언제까지 주희랑 이렇게 지낼 건데? 이제 그만할 때도 되었잖아. 안 그래?"

"뭘 그만해? 난 주희, 그 계집애 죽을 때까지 용서 못 한단 말이야! 그런데 뭐? 응원? 너 응원이라고 했어? 네가 어떻게 주희를 응원해? 그게 말이 돼? 주희를 응원하는 건 나를 두 번 죽이는 거야. 너 그걸 몰라서 그래?"

"야, 인마. 아무리 그래도 주희도 친구잖아. 친구끼리…….."

"친구? 친구 같은 소리 하고 있네. 됐고, 긴말하기 싫어. 정우빈 너 똑똑히 말해. 나야, 주희야? 누가 네 친구냐고? 빨리 말해. 주희한테 하트 날리고 그러면, 나 정말 너 다시는 안 봐! 실컷 주희 친구나 해, 난 네 친구 안 할 테니까!"

"아우, 정말 유치해서 못 봐주겠다. 엄마가 좋아, 아빠가 좋아야? 저 꼬맹이들한테 가서 물어봐라. 쟤들도 그런 유치한 질문은 안 한다. 넌 어쩜 여태 잼민이처럼 유치하게 구냐?"

"빨리 대답하라고! 안 그럼 운명처럼 온 너의 그녀에 대해 나는 일절 손 뗀다. 그 애가 누군지 절대 안 알아봐 줄 거라고. 어디 내 도움 없이 네 모솔 탈출이 가능한지 두고 보자!"

"아우, 진짜 징글징글하다. 박채아, 정말 후덜덜이라고. 너란 녀석!"

우빈이와 채아는 기어다닐 때부터 친구였다. 걸음마도 함께 배우고, 말이 트이기도 전부터 옹알이로 대화하며 놀던 친구.

3년 전, 채아의 오빠 그러니까 채준이 형이 죽기 전까지 채아는 거의 우빈이네 집에서 살다시피 했다. 떨어져 지낸 시간보다 함께 지낸 시간이 훨씬 많은 한 식구 같은 친구다. 우빈은 채아에 대해서는 모르는 게 없다고 자신할 수 있을 만큼 가까운 사이지만, 가끔은 채아가 이해되지 않을 때도 있다. 오늘처럼 이렇게 채아가 억지를 부릴 때 말이다. 하지만 우빈은 이 억지가 채아가 가진 상처에서 비롯되었음을 안다. 그래서 아무 말도 할 수가 없다.

채아가 가진 상처. 그 상처의 깊이를 어느 정도는 가늠하지만, 그 상처가 내 것이 아닌 이상 온전히 전부를 이해한다고 말할 수는 없다. 상처라는 것이 그렇다. 누군가에게는 참을 만한 상처도 누군가에게는 죽을 만큼 고통스러울 수 있으니까.

채아가 주희에게 이렇게까지 할 필요가 있을까 싶을 때도 있지만, 우빈이 함부로 말할 수 없는 이유다. 저렇게 끔찍하게 누군가를 미워하는 게 어쩌면 더 상처가 되는 것은 아닐지, 그게 걱정될 뿐이다.

우빈은 휴대폰을 꺼내 채아가 보는 데서 하트를 취소했다.

"됐냐? 됐어?"

"응."

"너 두말하기 없기다. 내일 미션 달성해라. 나의 그녀를 꼭 찾아내. 알았지?"

"걱정하지 마서. 내가 누구냐? 우리 학교 애들 다 내 손바닥 안에 있는 거 알지? 딱 기다려."

"그래, 너만 믿는다. 이 오빠가 모솔 탈출하면 너한테 크게 쏜다."

"오우, 정우빈이 정말 사랑에 빠진 모양이네. 먼저 쏜다는 말을 다 하고. 첫눈에 반하는 사랑이 정말 있긴 있구나. 개부럽."

"네가 사랑이 뭔지나 알긴 아냐? 앞으로 이 오라버니를 깍 듯이 모시도록!"

첫눈에 사랑에 빠지는 기분이 어떤 것인지 묻고 싶었던 채 아는 발그레한 우빈의 얼굴을 올려다보고는 그냥 묻지 않기로 했다. 사랑을 말로 표현하고, 그 말을 또 이해하는 것은 열다 섯의 그들에게는 쉽지 않은 일일 테니까. 발그레한 우빈의 얼 굴, 사랑이란 것은 어쩌면 그걸로 충분할 테니까.

우빈이 채아와 나란히 학원 현관에 들어설 때, 등 뒤 벚나무 의 봉긋하게 솟았던 꽃눈 하나가 아무도 모르게 톡 하고 터져 나왔다.

아무도 모르게 톡. 마치 사랑처럼.

연두

"어우, 야! 박채아, 너 얼굴에 무슨 짓을 한 거야? 얼른 안 지
워?"

"왜? 예쁘지 않아? 새로 산 립틴트야. 그 걸그룹이 광고하는
거, 신상. 괜찮지 않아?"

"야, 인마! 완전 안 예뻐. 완전 안 괜찮아. 귀신같이 그게 뭐
냐? 얼굴은 허옇고 입술은 빨갛고. 정말 눈 뜨고 볼 수가 없다.
얼른 지워, 빨리!"

"진짜 별로야? 정말 안 어울려?"

"완전 별로라니까! 너 그 얼굴로 가려면 나랑 떨어져서 걸
어. 아니, 나 너랑 안 가. 무서워서 못 가!"

"우이씨! 너 진짜 죽을래?"

언젠가 모처럼 함께 놀이공원에 갔던 날, 채아가 예쁘게 화장하고 한껏 멋을 내고 나갔을 때 우빈은 얼굴을 찌푸렸다. 사실 우빈이가 좀 별난 편에 속한다. 한참 멋을 알아가는 여자애들에게 옅은 화장은 꾸밈이라기보다 그냥 예의일 뿐이니까. 세상을 향해 나도 이제 이 정도 예의는 차릴 줄 알게 되었다고 말하는 어른스러움의 표현이랄까. 그러니까 더는 어린아이 취급을 하지 말아 달라는 일종의 신호일 뿐이다.

그날 채아가 우빈이에게 이 예의와 신호에 대해 침을 튀겨 가며 설명했을 때, 우빈은 어이없다는 표정으로 말했다.

"야! 세수나 제대로 하고 다녀. 너 그렇게 막 화장하고, 밤에 세수는 하고 자냐? 너 만날 밤에 피곤하다고 그냥 자잖아. 우리 집에 올 땐 머리도 잘 안 감고 오면서 무슨……. 제발 나한테 좀 제대로 된 예의를 갖춰라. 응? 얼굴에 덕지덕지 떡칠하는 게 예의는 무슨 예의……."

"뭐래? 야, 정우빈! 다른 친구들은 이런 거 신상 나오면 알아서 딱딱 선물도 하고 그러더라. 넌 뭐냐? 내 생일에 만날 샤프 아니면 다이어리, 그것도 아니면 저도 읽지 않는 책이나 주고. 네가 그래서 여태 모솔인 거야. 눈치도 없고 촌스러워서!"

홧김에 한 말이었지만 사실이었다. 우빈이는 촌스럽다. 우
빈이 첫눈에 반했다는 그림 속 그 여자애도 사실 채아 눈엔 좀
촌스러워 보였다. 본 것이라야 짧은 단발머리에 촌스러운 머
리띠뿐이었지만. 열다섯의 소녀가 그처럼 짧은 단발머리를
고수한다는 것은 아직 예의를 차릴 준비가 되지 않았다는 뜻
이다. 게다가 머리띠라니……. 그것은 정말 어린아이 취급을
당해도 별 상관없다는 촌스러움이다.

'용케도 딱 저랑 어울리는 애를 찾아냈군. 풋.'

채아는 쉬는 시간에 다른 반까지 돌아다니며 그림 속 주인
공을 찾았다. 1학년 동생들 반도 다 훑었다. 우빈의 그림 속
분위기로 보아 아무래도 3학년 언니는 아닌 듯했다. 층별로
화장실까지 구석구석 모두 훑었지만, 도무지 감을 잡을 수가
없었다. 짧은 단발머리의 친구는 몇 되지도 않았는데 도통 비
슷한 이미지를 찾을 수가 없었다. 그 시간에 도서관에 가서 책
을 읽을 아이라면 지독한 공붓벌레 모범생이거나 대놓고 아싸
일 가능성이 크다. 공부 잘하는 모범생과 있는 듯 없는 듯 존
재가 잘 드러나지 않는 아이들까지 아무리 궁리해도 좀처럼
떠오르는 인물이 없었다.

'에잇! 도대체 누구야? 아우, 정우빈 정말! 그림을 좀 제대로

그리든지……. 인물화는 아직 멀었네, 멀었어.'

채아가 사진 찍어둔 우빈의 그림을 확대해 자세히 보고 있을 때, 옆자리 짝꿍이 힐끗 보며 물었다.

"너 뭐 봐?"

"아, 아니야. 아무것도."

"누구야? 연두 아냐?"

"어? 여, 연두? 아, 아니야. 내 친구 여친이야."

"그래? 닮았네. 연두랑."

"그, 그런가?"

그림을 자세히 들여다보려는 짝꿍의 눈을 피해 채아는 얼른 휴대폰 화면을 껐다.

'뭐야? 애가 연두라고? 소연두?'

짝꿍의 말을 듣고 나니 연두가 맞는 것 같았다. 아니, 연두가 맞았다. 짧은 단발머리에 익숙한 머리띠, 귀에 꽂은 이어폰까지 영락없는 연두였다. 채아의 심장이 쿵쾅거렸다.

'뭐야? 정우빈, 네가 첫눈에 반했다는 아이가 정말 연두란 말이야?'

수업 종이 울렸는데도 채아는 수업에 집중할 수 없었다. 채아는 손끝의 굳은살을 잘근잘근 씹었다.

'연두라니, 세상에……. 우빈이의 첫사랑이 소연두라니…….'

소연두.

연두는 1학년 때 전학을 온 친구다. 채아가 다니는 학교 특수 학급에 자리가 있어 부득이 먼 곳에서 온 친구. 그렇다, 연두는 장애가 있다. 그것도 자폐스펙트럼 장애. 그러니까 채아의 죽은 오빠와 같은 장애다. 물론 같은 이름의 장애이지만, 사실 전혀 다른 장애이기도 하다.

'자폐스펙트럼 장애'

채아는 그 장애에 대해 누구보다 잘 알고 있다. 십 년을 넘게 함께 살았던 가족, 똑같이 엄마 배에서 나온 오빠가 그 장애를 가지고 있었으니까.

자폐스펙트럼 장애는 광범위하다. 1부터 100까지, 아니 자폐스펙트럼 장애가 있는 이들은 모두가 다 다르다. 채아가 세상의 그 누구와도 닮지 않은 것처럼. '자폐장애인'이라고 뭉뚱그려진 범위 안에 갇힌 이들도 모두 다 제각각, 그 누구와도 닮지 않았다. 같은 이름의 장애를 가지고 있다고 해도 모두 똑같은 장애가 아니라는 말이다. 뭐, 세상 사람들에게는 모두 똑같은 취급을 당하긴 하지만.

오빠의 장애는 중증이었고 모두를 힘들게 했다. 오빠는 끊임없이 남들이 이해하지 못할 '상동 행동*'을 했다. 여기저기 아무 곳에나 침을 뱉고 느닷없이 괴성을 질렀다. 땀을 흠뻑 흘리고 지쳐 쓰러질 때까지 커다란 덩치로 쿵쿵 뛰고 또 뛰었다. 말려도 소용이 없었다. 화가 나면 머리카락을 쥐어뜯었고 살점이 뜯겨 피가 나도록 자기 몸을 물어뜯었다. 한번 울음이 터지면 목이 쉬도록 울고 또 울었다. 오빠가 변성기 목소리로 우는 소리를 채아는 참을 수가 없었다. 짐승 같은 그 울부짖음이 고약했고 또 무서웠다. 오빠와는 제대로 된 대화도 할 수 없었다. 끊임없이 연습해도 그때뿐이었다. 오빠는 적절한 언어를 사용하지 못했고, 정해진 사람하고만 손짓, 몸짓 그리고 엉뚱한 단어로 자신의 의도를 표현했다. 오빠의 언어는 사람들이 오해하기 쉬웠고, 누구도 쉽게 다가갈 수 없는 방식이었다. 그런 오빠의 언어는 오직 엄마만이 이해했고, 오빠는 엄마 없이는 누구와도 소통할 수 없었다. 하지만 엄마는 오빠가 세상과 어울리기를 바랐다. 엄마는 오빠가 비장애인 친구들과 함께

---

* 상동 행동 :같은 동작을 반복하는 것. 자폐성 장애 아동에게 나타나는 반복적인 행동을 뜻하며, '자기자극행동'이라고도 함.

일반 학교에 다니길 소원했지만, 오빠는 일반 학교에 도무지 적응할 수 없어 결국엔 특수 학교에 다녔다.

오빠와 연두는 같은 장애의 이름을 가졌지만, 분명 다르다. 연두는 채아와 같은 학교에 다니고 한 교실에서 수업한다. 연두는 오빠처럼 시끄럽지 않다. 채아가 알고 있는 연두는 되레 그저 없는 듯 조용한 아이다. 특별히 관심을 가지지 않으면 그저 교실에 있는 칠판이나 책상, 사물함처럼 존재가 드러나지 않는 아이. 다만, 연두는 소음에 민감해 수업 시간에도 이어폰을 끼고 쉬는 시간엔 종종 도서관에 가거나 옥상으로 올라가는 빈 계단에서 혼자 쭈그리고 있을 뿐이다. 채아가 연두에 대해 알고 있는 것은 그것뿐이었다. 더는 알고 싶지도 궁금하지도 않았으니까. 관심을 가지고 싶지 않은 아이, 징글징글한 오빠의 그 징글징글한 장애가 있는 아이, 소연두.

'우빈이 첫눈에 반한 아이, 내가 종일 찾아다닌 아이가 소연두라니⋯⋯.'

채아의 이마에 식은땀이 맺혔다. 학교를 샅샅이 뒤지고 다녔으면서 채아는 같은 반, 바로 건너편 앞에 앉아 있는 연두를 알아채지 못했다. 그 사실이 어쩐지 섬뜩했다.

'뭐야? 내가 어떻게 연두를 못 알아본 거지? 설마 연두를 지

워버린 거야?'

채아는 연두를 자신의 시선 밖으로 밀어낸 것이었다. 연두가 눈에 띄지 않는 아이였던 것이 아니라, 실은 채아가 연두를 지워버린 셈이다. 눈길을 주고 싶지 않은 아이로, 그냥 없는 아이로 만들어 버린 것이다. 사람들이 오빠를 밀어낸 것처럼. 세상이 오빠를 지워버린 것처럼.

채아는 자신이 연두를 까맣게 지워버렸다는 사실에 소름이 돋았다. 엄마를 그토록 서럽게 만든 세상의 사람들이, 결국은 자신이었다는 것에. 자신이 그들과 조금도 다르지 않다는 것에.

사실, 얼마 전 학급에서 장애 친구를 도와주는 '또래 도우미'를 뽑았을 때도 채아는 애써 모른 척했다. 쉽게 봉사 점수를 얻을 수 있는 자리라 아이들이 너도나도 손을 들었지만, 채아는 그깟 봉사 점수 때문에 오빠가 겹쳐 보이는 아이와 가까이하고 싶지 않았다. 결국은 제비뽑기로 연두의 '또래 도우미'를 뽑았다. '또래 도우미'라는 것은 실은 별것 없다. 수업 시간 필기 내용을 복사해 공유해 주고, 이동 수업 때 함께 이동하는 것이 '또래 도우미' 역할의 전부다. 말 그대로 도우미일 뿐, 굳이 친구가 될 필요는 없는.

채아는 연두의 빈자리를 살폈다. 연두는 특수반 수업 중이었다. 연두의 빈자리를 바라보는 채아의 가슴도 텅 빈 듯 허무해졌다. 우빈이의 모솔 탈출 계획은 무너진 것이나 다름없었으니까.

누구도 선뜻 먼저 다가가 친구가 되어줄 수 없는 아이가 연두다. 연두의 '또래 도우미'도 봉사를 위해 다가가긴 하지만, 먼저 인사를 하기 위해 다가가진 않는다. 초등학교 때엔 도움반 친구들에게 먼저 다가가 친구가 되어주려는 아이들도 더러 있었다. '착한 어린이'가 되고 싶었던 아이들. 하지만, 중학생이 되고 나서는 그 '착한'이라는 단어에 거부감이 생긴다. '착하다'라는 건 어른들이 만들어 낸 기준이니까.

게다가 장애인을 대상으로 하는 착한 행동에는 '배려'나 '양보'의 의미보다 '동정'과 '연민'의 의미가 더 많이 담긴다. 우리가 장애를 마주하는 시선은 늘 그렇다.

'아, 정말 불쌍해. 어쩌다가 저런 아이가……'

'쯧쯧. 사람 구실도 제대로 못 하고 저 아이를 어쩌냐.'

'아이고, 저런 아이를 낳고 사는 부모는 어쩌면 좋아. 정말 안쓰러워서……'

사람들은 장애인을 볼 때 불쌍함을 느끼는 것을 자신이 착한 마음을 가진 것이라고 착각한다. 뭐, 틀린 것은 아니다. 그

조차도 느끼지 못하는 사람이 많으니까. 하지만 채아는 그 '착한 마음'이라는 것이 종종 헷갈렸다. 불쌍하다고 여기는 마음을 가졌다고, 그렇게 스스로 착한 사람이라고 여기는 이들조차 오빠가 가까이 다가가면 슬금슬금 자리를 피했다. 그러니까 그 '착한 마음' 안에도 차별은 있다. 그렇다면 그 마음은 정말 '착한' 걸까?

북적이던 놀이터는 오빠가 나타나면 어느새 텅 비었다. 어른들은 자신의 아이가 오빠에게 닿을세라 도망치듯 아이를 챙겨 집으로 돌아갔다. 아이들도 자신과 다른 오빠를 곁눈질하다가 자리를 피했다. 오빠가 뭘 어쩌지도 않았는데…… 어느새 놀이터에는 오빠의 깔깔 웃음소리만 남았다. 그리고 그 모습을 아픈 눈으로 바라보던 엄마는 결국 아무도 놀지 않는 늦은 밤에만 오빠를 데리고 놀이터에 나갔다. 오빠를 불쌍하다고는 생각하는 그 '착한' 사람들의 시선에 엄마는 늘 상처를 입었으니까.

그때 알았다. '착한 마음'은 어쩌면 '나쁜 마음'보다 더 무서운 것일 수도 있다고. 그 마음이 이처럼 무서운 것이라면, '진짜 착한 마음'은 아닐 거라고.

채아는 사람들이 오빠를 '착한 마음'인 척 불쌍하게 보지 않았으면 했다. 엄마도, 채아도, 그리고 오빠조차도 그들에게 '착한 마음'을 바란 적이 없다. 그저 똑같이 바라봐 주기만을 바랐을 뿐이다. 하지만 그 당연한 마음은 언제나 상처가 되었다. 그리고 그 '착한 마음' 때문에 받은 상처는 오래도록 아물지 않았다.

문득 채아는 우빈의 마음이 궁금해졌다. 연두에게 장애가 있다는 것을 알면, 우빈은 어떤 마음이 들까? 그것은 '착한 마음'일까, 아니면 정말 첫사랑의 마음일까?

채아는 고개를 흔들었다. 어떤 마음인들 무슨 소용일까 싶었다. '착한'이라는 형용사는 우빈이에게 무척 잘 어울린다. 오빠를 '채준이 형'이라고 부르며 진짜 형으로 대해주던, '진짜 착한' 아이 정우빈. 하지만 아무리 그렇다 하더라도 우빈은 연두의 친구, 그것도 연두의 남자 친구가 되어줄 수는 없다. 채아가 연두의 친구가 되고 싶지 않은 것처럼. 채아가 할 수 없다면, 우빈이도 할 수 없다.

수업이 끝나고 다음 수업이 시작될 때까지 채아는 송골송골 이마에 맺힌 땀을 닦아내지 못했다. 손끝이 차가워졌다. 무척 어지러웠다. 속도 느글느글 울렁거렸다. 속엣것을 다 게워

내고 싶을 만큼. 채아는 자신의 속에 무엇이 들어 있는 건지 두려웠다. 게워내고 싶은 것, 어쩌면 '착한 차별' 같은 것이 채아의 안에 가득 차 있을지도 모른다. 남들처럼, 남들과 똑같이. 채아마저도 그들과 같이.

어느새 연두가 영어 교과서를 들고 자리에 와 앉았다. 이어폰을 꽂은 채 멍하니 칠판을 바라보는 연두의 옆모습을 채아는 조용히 훑었다. 1학년 때에 맞춰 입은 교복이 여전히 연두에게는 너무 크다. 소매가 손등을 다 가린다. 가느다란 손가락만이 교복 밖으로 나왔다. 마치 추운 겨울에 때 모르고 나온 연둣빛 여린 새싹처럼.

'편식이 심한가?'

채아는 연두의 작은 체구를 눈으로 쓰다듬으며 오빠와 함께 식사하던 장면을 떠올렸다. 오빠는 먹어도 먹어도 배부름을 몰랐다. 자기 몫을 다 먹고도 채아의 것을 탐냈다. 묻지도 않고 채아의 것에 함부로 손을 댔고, 못 먹게 하면 접시째 빼앗아 들고 달아나 먹었다.

"야, 이 돼지야! 그래! 너 혼자 다 먹어, 다 먹어버리라고!"

"박채아! 오빠한테 그렇게 말하면 못써!"

"맞잖아! 오빠 돼지 맞잖아! 마보 돼지!"

"박채아! 너 정말 엄마한테 혼날래?"

"엄만 왜 만날 나한테만 뭐라고 해? 동생 것까지 몽땅 다 빼앗아 먹는 오빠가 먼저 잘못한 거잖아. 한두 번도 아니고 만날 만날 저러잖아! 오빤 만날 내 것을 다 빼앗아 가잖아! 그런데 왜 나한테만 그러냐고, 엄마는!"

참다못해 채아가 수저를 내팽개치며 소리를 질렀을 때, 엄마는 채아를 나무랐다.

"박채아, 너 정말 그 정도도 이해 못 해줘?"

"그 정도? 엄마는 이게 별것 아닌 것 같아? 매일매일 이러는데. 어, 못 해! 나 이제 정말 이해 못 하겠어. 왜 만날 나만 이해해야 하는데, 왜!"

채아가 서러운 눈물을 뚝뚝 흘리며 엄마에게 눈을 흘길 때도 오빠는 우걱우걱 입안으로 음식을 몰아넣기 바빴다. 그 모습이 정말 돼지 같았다.

'그래, 이 돼지야! 그렇게 돼지처럼 혼자 다 처먹고, 황소를 흉내 내다 배가 터져 죽은 개구리처럼 오빠 너도 그렇게 배가 터져 죽어버려라!'

그때, 분명 채아는 그런 생각을 했다. 제 배가 부른 줄도 모르고 동생 몫까지 빼앗아 제 입에 다 털어 넣는, 먹는 것 하나도 조절 못 하는 바보 돼지라고, 차라리 죽어버렸으면 좋겠다고.

그 순간이 떠오르자, 연두의 가느다란 손가락을 바라보던 채아의 손끝이 차갑게 얼어붙어 덜덜 떨렸다. 오빠가 정말로 죽어버린 것이 어쩌면 자신의 저주 때문인 것 같아 무서웠다. 자신이 오빠를 정말로 죽여버린 것 같아서.

"채아야, 엄마가 미안해. 좀 더 많이 만들어서 채아 몫을 따로 잘 남겨둘걸."

엄마는 늘 오빠 대신 채아에게 사과했다. 종일 오빠를 쫓아다니느라 바빴던 엄마는 오빠가 잠들면 채아의 침대 곁으로 와 채아에게 사과하기 바빴다. 채아는 엄마의 사과를 들어야 하는 그 시간이 싫었다. 엄마가 사과하면 자신이 나쁜 아이가 된 것 같았다. 오빠가 잘못한 것도 아닌데, 오빠는 그냥 장애가 있을 뿐인데, 엄마의 사과를 받는 자신이 죄인이 된 것 같았다. 너그럽지 못한 아이, 이해심도 배려심도 없는 아이인 자신이 못마땅했다.

"채아야, 오빠 섭식장애 치료를 시작했어. 그러니 앞으로는 지금보다 많이 좋아질 거야. 그런데 채아야, 엄마가 오늘 치료를 받으러 가보니까 그래도 오빠는 못 먹는 아이들보다는 나은 것 같아. 음식을 삼키지 못해서 빼빼 마른 오빠 친구들을 만났는데, 그래도 오빠는 잘 먹으니 얼마나 다행인가 하는 생각이 들었어."

"왜? 왜 음식을 못 삼켜? 오빠는 잘만 먹는데……."

"입안의 감각이 매우 예민한 친구들도 있거든. 매운맛 짠맛을 채아보다 훨씬 크게 느끼니까 너무 맵고 짜서 못 먹기도 하고, 음식이 입에 들어가는 느낌이 싫고 무섭기도 한가 봐. 입안에서 물컹거리고 녹아내리거나 딱딱한 게 있는 것이 견디기 어려울 정도로 힘든 친구들도 있거든."

"음, 그렇구나……."

"채아야, 엄마가 우리 채아한테 항상 많이 미안해."

"알아. 나도 미안해, 엄마. 아까 오빠한테 나쁜 말 해서."

"아이고, 우리 예쁜 딸……. 고맙고, 미안한 참 예쁜 우리 딸……."

"엄마, 나 햄버거 먹고 싶어."

"그래? 그럼 엄마가 내일 우빈이 이모에게 말해둘게. 우빈이네 집에 가서 우빈이랑 맛있게 먹어. 알겠지?"

"응."

엄마는 슬픈 눈으로 채아의 머리를 쓰다듬었다. 엄마가 머리를 쓰다듬으면, 그 슬픔이 채아에게 와닿았다. 정신없이 먹어대는 오빠의 건강 때문에 집에서는 치킨, 피자, 햄버거도 마음대로 먹지 못하고, 또 매번 오빠에게 맛있는 음식을 다 빼앗기는 것보다 그렇게 와닿는 엄마의 슬픔이 채아를 더 힘들게 했다. 그래서였을까. 어느 날부터인가 채아는 엄마가 방문을 열면 잠자는 척을 했다. 슬픔에 전염되고 싶지 않았으니까.

영어 수업 시간, 채아가 단어 시험을 보고 문법을 배우는 동안 연두는 조용히 칠판을 응시하다 그림책을 꺼내 읽었다. 아무도 그런 연두에게 신경 쓰지 않았다. 선생님조차도. 연두는 그저 조용히만 있어주면 고마운 아이, 있어도 없는 아이였으니까. 채아는 왜 선생님이 연두에게는 영어를 가르치지 않는지 문득 서운한 마음이 들었다. 학교는 사회에 나갔을 때 제 역할을 잘할 수 있도록 돕는 곳이라고 했다. 연두도 학생인데 왜 연두를 돕지 않을까? 학교도 선생님도.

채아가 당연한 일이 당연히 무시되는 일에 골몰했을 때, 수업이 끝나는 종이 쳤다. 마치 무시된 것은 아무것도 없었다는 듯 종소리는 발랄했다.

앙숙, 서주희

수업이 끝나는 종이 치자마자 주희가 기다렸다는 듯 일어나 교실 뒤에서 음악을 큰 소리로 틀고 춤을 추기 시작했다. 주희는 기획사의 오디션을 준비하는 중이다. 시도 때도 없이 춤을 춘다. 주희와 어울리는 다른 친구들도 곁에서 따라 춤을 추며 영상을 찍었다. 보나 마나 또 SNS에 올릴 모양이다.

'아우, 저 관종.'

채아는 주희 무리의 수선스러움에 눈길도 주지 않았다. 다음 수업도 교실 수업이라 특수반에 내려가지 않은 연두가 조용히 이어폰을 만지작거리는 것을 가만 바라보고 있었다. 초조하고 불안한 듯 연두가 계속 이어폰을 끼었다 뺐다 했다. 미간을 잔뜩 찌푸린 채로. 아무래도 소음을 참을 수 없는 것 같았다. 잠시 후, 연두가 손을 베고 책상에 엎드렸다. 그러더니 이마를 콩콩 책상에 부딪치기 시작했다. 아파 보였다. 그 모습을 본 채아가 주희 무리에게 소리쳤다.

"야! 너희들 춤추려거든 나가서 춰. 시끄러워!"

"뭐야? 지금 쉬는 시간이고, 애들 다 떠드는데……. 왜 우리만 나가래?"

"너희들이 지금 제일 시끄럽잖아! 음악 소리도 겁나 크고!"

"뭐래? 너 왜 갑자기 모범생 코스프레야?"

"그러게, 웃겨. 지금껏 멀쩡히 있다가 왜 느닷없이 성질이야?"

"야, 박채아. 지금 네 목소리가 제일 크거든! 교실이 네 것도 아니고, 네가 뭔데 왜 우리더러 이래라저래라야?"

주희 무리가 채아를 몰아세웠다. 채아는 주희를 노려보며 쏘아붙였다.

"됐고. 그럼, 이 교실이 서주희 네 거야? 쉬는 시간마다 이게 도대체 뭐 하는 짓이야? 어? 서주희, 네가 얼른 대답해 봐. 그럼 이 교실이 네 거냐고!"

"하아……. 얘들아, 나가자. 그냥 나가서 하자."

주희는 싸울 생각이 없다는 듯, 채아를 피해 교실 밖으로 나갔다. 주희가 교실 밖으로 나가자 그 무리가 채아를 흘겨보며 주희를 따라 나갔다.

'나쁜 년.'

채아도 주희의 뒤통수를 끝까지 노려봤다.

사실, 주희와 채아는 절친이었다. 5학년 때 전학을 온 주희가 이미 끼리끼리 친해진 아이들 틈에서 좀처럼 어울리지 못했을 때, 마당발이던 채아가 주희를 살뜰히 챙기며 둘은 가까워졌다. 함께 학교도 오가고 화장실도 함께 다니며. 주희가 우빈이를 좋아하고 있다고 비밀을 털어놓았을 때, 둘 사이를 이어주려고 알게 모르게 노력을 한 것도 채아다. 우빈이네 집에 갈 때 주희를 같이 데려갔고, 주말에도 셋은 그렇게 늘 붙어 다녔다.

"너희 오빠, 좀 무서워."

주희에게 오빠의 장애를 말했을 때 주희는 대수롭지 않게 받아들였다. 하지만 채아의 집에서 오빠와 처음 맞닥뜨렸을 때 주희는 조용히 채아에게 속삭였다.

"채아야, 너 좀 불쌍하다. 세상에, 저런 오빠라니……."

채아는 주희의 그 말에 어쩐지 가슴이 콕콕 쑤셨지만, 내색하지 않았다. 주희가 연예인이 되면 매니저가 되어주겠다던 키도 크고 잘생긴 주희의 오빠를 보았을 때, 채아도 자신이 조금 불쌍하다고 여겼었으니까. 하지만 오빠의 죽음을 두고 주희는 그렇게 말해서는 안 되는 것이었다. 친구라면, 정말 친구였다면…….

"채아야, 그만 울어. 운다고 오빠가 살아 돌아오는 것도 아니고……."

"……."

"너희 오빠 불쌍하지만, 그래도 널 생각하면 차라리 잘된 일이야. 안 그래?"

"서주희, 너 지금 뭐라고 했어?"

"너무 나쁘게만 생각하지 말라고……."

"……."

주희의 말에 채아의 볼을 타고 흘러내리던 눈물이 멈췄다.

"어쩌면 너한테는 잘된 일일지 몰라. 그러니까 그만 울어."

"미친년."

채아는 주먹으로 눈물을 훔치고 시뻘게진 눈으로 주희를 노려보았다.

"야, 박채아. 왜, 왜 욕을 하고 그래?"

"잘된 일이라고? 사람이 죽었는데, 그것도 우리 오빠가 죽었는데, 잘된 일이라고? 너 지금 그게 나한테 할 말이야?"

"아니, 화내지 마. 내 말은……. 그러니까 난 그냥……. 네가 그동안 너희 오빠 때문에 힘들어했잖아. 너희 엄마도 그렇고. 사실, 어쩌면 너희 오빠도……. 난 그래서 그런 어떤, 좋은 의미로 말한 거야."

"뭐? 좋은 의미?"

채아는 입술을 깨물었다. 가슴이 쿵쾅거렸다. 주희의 입에서 나온 그 말이 가슴 깊은 곳을 칼로 찌르는 것만 같았다. 찌른 곳을 또 찌르는 것 같은, 이미 시뻘겋게 독이 오른 상처를 뾰족한 칼로 더 깊이 쑤시고 있었다.

"서주희, 너 어떻게 그런 말을 해? 우리 오빠가 죽었는데, 어떻게 넌 좋은 의미를 찾아? 어떻게 그게 잘된 일이라는 말을 해? 그러니까 넌 그동안 우리 오빠를 그냥 무서운 바보 병신이라고 생각했지? 그렇지? 아니, 사람이라고 생각한 적이 없지? 그냥 괴물 같은 거였지? 안 그래?"

"아니야! 너 왜 그래? 왜 이렇게 예민하게 굴어?"

당황한 주희의 얼굴이 빨개졌다. 빨간 가면을 쓴 진짜 괴물 같았다. 그때, 채아의 눈엔 분명 주희가 그렇게 보였다. 그렇지 않고서야 그런 말을 할 수는 없었을 것이다. 채아는 여전히 그때 그 주희의 말을 떠올리면 가슴이 쓰라렸다. 가슴에 피고름이 녹아내렸다.

"너 지난번에 우리 오빠 보고 무섭다고 했잖아. 너한텐 그냥 우리 오빠가 무서운 바보였겠지. 그래, 우리 오빠가 바보면, 바보는 죽어도 된다는 거야? 무서운 바보가 네 눈앞에서, 세상에서 사라졌으니 잘된 거라는 거냐고!"

"채아야, 내 말은 그 말이 아니잖아. 너 왜 그래 정말……. 무섭게……."

"아니! 난 네가 더 무서워. 가족이 죽었는데, 그 앞에서……. 그것도 네 친구의 오빠가 죽었는데 잘된 일이라는 말을 내 앞에서 아무렇지 않게 뱉어내는 네가 더 무섭다고. 정말 끔찍하게 무섭다고!"

"야! 얘가 정말 왜 이래? 내 말은…… 내 말은 그런 뜻이 아니었어!"

흥분한 채아를 진정시키기 힘들다는 것을 안 주희가 절절한 눈빛으로 우빈을 바라봤다.

"우, 우빈아……. 넌 내 말이 그런 뜻이 아닌 거 알지? 응?

네가 뭐라고 말 좀 해봐. 쟤 좀 말려보라고."

우빈이 깊은 한숨을 내쉬었다.

"주희야, 아무리 그래도 그 말은…… 위로로 할 말은 아니었어. 채아에게 사과하는 게 좋겠어."

하지만 주희는 끝내 사과하지 않았다. 오히려 좋아하는 우빈이 앞에서 자신을 몰아붙인 채아에게 서운하다는 듯, 그렁그렁한 눈으로 채아와 우빈이를 번갈아 보고는 자리를 피했다.

"그래, 꺼져! 넌 친구도 아니야! 나쁜 년, 너 절대 용서하지 않을 거야! 꺼져버려!"

채아는 이를 악물었다. 어쩌면 그때 채아의 분노는 자신을 향한 것이었는지도 모른다. 오빠가 사라졌으면 좋겠다고 수도 없이 생각했던 자신에 대한 분노. 하지만 수없이 반복해 생각해도 그날 주희는 사과했어야만 했다. 오빠가 세상에서 사라진 건 잘된 일이 아니라고, 슬픈 일이라고 미안하다고 사과했어야만 했다.

누구도 사람의 죽음을 두고 잘된 일, 잘못된 일이라 말해서는 안 된다. 죽음을 앞에 두고는 잘잘못이 아닌 슬픔이 먼저였어야 했다. 이웃의 반려견이 죽었을 때, 그토록 애달프게 슬퍼하던 주희가 오빠의 죽음엔 어떻게 슬픔보다 먼저 안도감을 표현했는지……. 채아는 마음이 찢겼다. 죽어서도 차별받는 오빠가 너무 불쌍해서 채아는 주희를 죽도록 미워하기로 했다. 끝까지 오빠에게 사과하지 않은 주희를 용서할 수 없었다.

그날 이후로 우빈이 채아의 화를 달래고, 둘 사이를 화해시키려고 부단히도 애를 썼지만 실패했다. 채아는 한 번 닫힌 마음을 열지 않았고, 주희는 금세 다른 친구들과 어울렸다. 원체 마당발이었던 채아는 채아대로, 얼굴도 예쁘고 춤도 잘 추는 주희는 같은 관심사를 가진 친구들과 어울리며 그렇게 떨어져 지냈다. 단 한 순간도 친구였던 적이 없었다는 듯, 같은 반이 되어서도 서로를 투명 인간 취급하며.

- 찾아봤어? 내 미래의 여친?

수업이 끝나기 무섭게 우빈이에게서 메시지가 왔다. 채아는 어떻게 말을 해야 할지 알 수 없었다. 자폐장애가 있는 특수반 아이가 그 아이였다는 말을 우빈이에게 전하는 게 어쩐지 미안했다. 아니, 두려웠다. 채아 자신도 믿기지 않는 사실을 우빈이에게 어떻게 전해야 할지 도무지 알 수 없었다.

- 왜 읽씹이야? 찾았냐고.

- 아니.

- 왜?

- 없어. 그런 애.

- 왜 없어? 분명 너희 학교 교복이었는데…….

- 몰라. 없어.

- 1학년 반에도 가봤어?

- 응.

- 그런데도 없었어? 너 제대로 찾긴 찾은 거야?

- 없었다고. 나 지금 바빠. 나중에 얘기해.

- 왜 바쁜데? 수업 끝났잖아. 지금 이보다 더 바쁜 일이 어디 있냐?

- 미안.

- 야! 박채아! 너 설마 이 오빠의 사랑을 질투하는 거 아니지?

- 뭐래? 나 바빠. 나중에.

채아는 머리를 짚었다. 머리가 지끈지끈 아팠다. 뇌가 팽팽 돌고 있는 것 같았다. 같은 반 친구를 두고 못 찾았다고 거짓말까지 했으니, 도무지 어떻게 수습해야 할지 난감했다.

'정우빈……. 넌 왜 하필이면…….'

복잡한 마음으로 교문을 나서는데, 주희가 채아를 기다리고 있었다.

"박채아, 너 나랑 잠깐 얘기 좀 해."

"난 너랑 할 얘기 없는데."

"아까 너 뭐야? 그동안 없는 사람 취급하더니, 왜 갑자기 나한테 관심을 가지는 건데?"

"내가? 너한테? 관심을?"

채아가 기가 막힌다는 듯 피식 웃으며 주희를 노려봤다.

"아니면 뭔데? 내가 친구들이랑 춤추는데 네가 왜 갑자기 시비를 걸어?"

"서주희, 너 내 말 똑똑히 들어. 네가 관종인 건 알겠는데, 난 네 그 같잖은 춤 따위에 전혀 관심 없어. 네가 재수 없게 방해만 하지만 않으면."

"내가 언제 널 방해했다고 그래? 그리고 방해가 되었으면 왜 지금껏 아무 말 안 한 건데? 왜 오늘 느닷없이 시비를 건 거냐고. 너도 이유가 있을 거 아냐?"

"연두."

"뭐? 연두? 우리 반, 소연두? 연두가 뭐?"

"그렇지? 네 눈엔 안 보이지? 연두가 네 음악 소리에 시끄러워서 이마를 콩콩 책상에 내리찧던 것도 넌 모르지? 학기 초에 담임선생님이 연두는 소음에 민감하니까 다 같이 배려해 주자고 했던 말씀도 넌 기억이 안 나지? 너한테는 연두도 차라리 죽어버려야 하는 애 아냐? 안 그래?"

당황한 주희의 눈빛이 흔들렸다. 채아는 그런 주희를 무시한 채로 지나쳐 걸었다.

"야, 박채아!"

주희가 채아를 다시 불렀지만, 채아는 돌아보지 않았다.

"야! 박채아, 내 얘기 아직 안 끝났다고!"

주희가 채아의 팔을 낚아챘다.

"난 너랑 더 할 말 없어. 저리 비켜!"

"박채아, 너지? 우빈이가 내 SNS에 하트 못 누르게 하는 거 말이야. 그것도 너지?"

"어. 맞아, 나야. 네 SNS에 하트 누르면 절교한다고 했어. 그랬더니 우빈이가 다 취소한 거야, 너한테 보냈던 하트. 오늘은 아예 널 차단하라고 하려고. 됐지? 나 이제 가도 되지?"

"박채아, 너 정말……."

"아, 맞다! 그리고 너 앞으로 우빈이한테 관심 꺼. 우빈이 여친 생겼으니까."

"뭐? 진짜야?"

채아는 약을 올리듯 어깨를 으쓱하고는 뒤돌아섰다.

'이기적인 것. 고작 한다는 소리가……'

시원하게 쏘아붙인 듯했지만, 채아는 어쩐지 마음 한편이 찝찝했다.

엄마

채아가 엘리베이터에서 내렸을 때, 빵 굽는 냄새가 났다. 채아의 집에서 번져 나오는 익숙한 냄새다.

'엄마다!'

엄마의 빵 굽는 냄새가 틀림없었다. 채아는 서둘러 문을 열고 현관에 들어섰다.

"엄마! 엄마!"

"응, 엄마 여기 있어. 우리 채아 왔어?"

엄마가 오늘은 방 안에 웅크려 누워 있지 않고, 거실에 나와 있다. 오빠에게 즐겨 해주던 통밀과 현미로 만든 머핀이 식탁 위에 놓여 있고, 엄마는 분주하게 밀린 집안일을 하는 중이다.

"우리 채아, 배고프지? 머핀 얼른 먹어봐. 방금 구워낸 거야. 얼른 맛봐, 따뜻할 때."

"응!"

채아는 서둘러 손을 씻고 식탁에 앉았다. 그리고 고소한 머핀을 씹으며 집 안을 찬찬히 둘러보았다.

종일 어둡게 창을 가렸던 커튼이 활짝 열려 있었다. 창문으로 밝은 햇살이 쏟아져 들어온다. 그 햇살을 바라보며 따뜻하고 폭신한 엄마의 머핀을 꼭꼭 씹어 넘기자, 채아의 마음이 어느새 촉촉해진다. 창문을 통과한 저 밝은 햇살이 집안의 슬픔, 채아의 마음을 적셔주는 중이었다.

채아는 오빠가 죽고 없는 지금, 우리 가족은 앞으로 영원히 이 슬픔을 완전히 없앨 수 없다는 것을 안다. 하지만 이렇게 햇살이 집 안에 머물며 구석구석을 적셔주면, 슬픔도 조금은 따뜻해지지 않을까 생각한다.

햇살이 닿는 곳에 채아의 눈이 머문다. 오빠가 어린아이처럼 올라가 방방 뛰던 소파, 느닷없이 드러누워 울며 떼를 쓰던 바닥, 오빠가 엄마 몰래 톡톡 잎사귀를 다 떼어버렸던 화분에 햇살이 닿는다. 그리고 베란다에서 빨래를 널고 있는 엄마를 햇살이 감싼다.

'그래, 조금만 더 따뜻하게 적셔줘. 오늘, 우리 엄마를.'

채아는 엄마에게서 슬픔이 사라질 수 없다는 것을 잘 안다. 엄마가 가진 슬픔은 사라질 수 없는 슬픔이다. 엄마에게 오빠가 없다는 것은, 부모가 자식을 잃었다는 것은 그런 슬픔이다. 다만, 채아는 엄마의 슬픔이 조금은 따뜻해졌으면 좋겠다고 생각한다. 슬픔이라고 다 어둡고 축축해야 하는 걸까? 뽀송하고 따뜻한 슬픔도 있지 않을까? 오늘 엄마는 어제와는 다른 슬픔과 만나고 있다. 마치 영원히 함께할 슬픔을 찾기라도 하는 것처럼.

사실, 엄마는 오빠가 살아 있을 때도 매일매일 달랐다. 어느 날은 히어로 영화의 주인공처럼 힘이 넘쳤다. 그런 날은 집안이 밝은 에너지로 가득 채워졌다. 그 밝은 에너지는 희망이었고, 그 안에 있으면 오빠의 장애 따위는 정말 아무것도 아닌 것 같았다. 여느 가족과 똑같이 행복했다.

오빠의 장애는 어려운 수학 문제처럼 늘 답답하고 짜증스럽게 채아를 따라다녔다. 그냥 속 편하게 포기하고 백지 답안지를 내고 싶다가 또 어떻게든 끝까지 풀어내고 싶은 수학 문제, 덤덤히 받아들이려다가도 머리털을 다 쥐어뜯고 싶을 만큼 짜증이 나는 수학 문제. 채아에게도 오빠의 장애를 받아들인다는 것은 하루에도 수십 번씩 오락가락, 매우 변덕스러운 것이었다. 그러니 엄마는 오죽했을까.

엄마가 힘이 넘치면 채아도 풀고 싶어졌다. 답답한 가족의 미래가 어쩐지 핑크빛으로 환하게 그려지기도 했다. 조금이라도 도움을 주려는 사람들, 따뜻한 말 한마디가 고마웠다.

"채아는 정말 씩씩하구나. 엄마가 오빠를 챙기느라 도와주지 못해도 이렇게 혼자 학교도 학원도 잘 다니고. 엄마가 참 든든하시겠다."

주변 사람들의 그런 말이 응원으로 들렸다. 정말로 엄마에게 조금이라도 힘이 되어주어야겠다고 생각했다. 채아는 애썼다. 그래서 서툴지만 쌓여 있는 설거지를 했고, 재활용 쓰레기를 버렸다. 고사리손이라도 보태며 가족이 함께 버티면 오늘이 살아지고 내일도 살 만할 거라 생각했다. 내일이 없을 수도 있다는 것을 어린 채아는 미처 알지 못했다. 장애 가족에게 내일은 희망이라기보다 하루하루가 살얼음판이라는 것을.

엄마가 모든 것을 전부 다 내려놓은 듯 우울한 날엔 그 살얼음판이 쩍쩍 갈라지는 소리가 들렸다. 무거운 기운이 집안을 감쌌다. 채아도 절망에 빠졌다.

"채아야, 채아가 엄마를 많이 도와드려야 해. 엄마가 얼마나 힘드시겠니? 채아가 엄마에겐 희망일 거야. 알겠지?"

똑같은 응원이 그때는 저주로 들렸다.

'왜? 난 아직 초등학생이라고. 어리광도 피우고 투정을 부려도 이해받아 마땅한 어린이란 말이야! 내가 왜 엄마를 도와줘야 해? 엄마는 오빠뿐인데, 내가 엄마의 희망인 게 정말 싫어!'

사실이었다. 자신이 엄마 아빠에게 희망이라는 것이 부담스러웠다.

"우리 채아가 공부를 그렇게 잘한다며? 만날 백 점 받아온다고 엄마 아빠가 칭찬 많이 하더라. 기특한 것. 제 어미가 바빠서 뭐 하나 제대로 챙겨주는 것도 없을 텐데, 어쩜 이리도 야물고 착한지……. 그래도 네가 복이다, 채아야. 네가 없었으면 어쩔 뻔했니. 엄마 아빠는 너 하나 보고 사는 거야. 그러니 잘해라, 채아야. 응?"

할머니는 우리 가족이 안쓰러워 눈물을 훔치다가도 채아를 보면, 늘 당부했다. 잘하라고, 너라도 잘하라고……. 채아도 알고 있었다. 자신이 뭐든 잘해야 한다는 것을. 오빠가 엄마 아빠에게 줄 수 없는 것을 대신해야 했다. 오빠 몫까지 두 배로 잘하면 두 배로 위로할 수 있을 거라고, 두 배로 잘하면 두 배의 기쁨을 드릴 수 있으리라 생각하면서. 말도 한글도 어려워하는 오빠 대신 채아는 늘 받아쓰기 백 점을 받았다. 선생님 말씀도 잘 들었고, 어딜 가든 칭찬받았다. 채아는 공부도 잘하고 똑똑하고 야무진 아이라는 소리를 들으며 컸다. 하지만, 채아는 사실 그 모든 것이 버거웠다.

'오빠가 없었으면 좋겠어⋯⋯. 아니, 그냥 내가 사라지고 싶어.'

오빠가 없었으면 좋겠다는 속엣말을 신이 정말 듣기라도 했던 걸까. 채아의 마음이 무겁게 내려앉았다. 햇살이 적셔주어도 소용이 없었다. 그저 슬픔이 아닌 무거운 죄책감은 아무리 햇살이라고 한들 뽀송하고 따뜻하게 만들어 줄 수 없다.

오빠가 살아 있었을 때, 엄마는 오빠를 쫓아다니느라 피곤해 보였지만 대체로 오늘처럼 씩씩했다. 채아는 그것이 '교수 이모' 덕분이었다고 생각한다. 교수 이모는 엄마가 오빠의 치료 센터에서 사귄 친구다. 장애인을 가족으로 둔 이들은 서로 연대한다. 사회에서 소외되는 외로움을 그들끼리 나누며 서로를 위로한다. 채아 가족에겐 교수 이모네가 가장 가까이에서 함께했다. 국내 최고의 대학에서 학위를 받아 그곳에서 근무했다는 교수 이모는 결혼을 늦게 하고 어렵게 아이를 가졌다. 그런데 그 아이가 자폐장애였다. 오빠보다 어린 남자아이, 채아와 나이가 같던 아이. 채아의 말에 단 한 번도 제대로 반응하지 않았던 아이.

교수 이모는 공부를 쉬지 않았다. 해외 논문을 뒤지고, 새로운 치료법을 찾아냈다. 어떻게든 자신의 아이가 좀 더 나아질 방법을 찾았다. 그리고 그 정보를 엄마와 공유했다. 교수 이모가 눈을 반짝이며 이야기하면 어느새 엄마의 눈도 같이 반짝거렸다.

교수 이모는 늘 밝은 힘이 넘쳤다. 장애아를 키우고 있다고 믿지 못할 정도로. 교수 이모는 엄마에게도 밝은 에너지를 전했다. 채아는 확신한다. 엄마가 가라앉는 날이 드물어진 것은 교수 이모 덕분이었다고. 교수 이모 곁에서 엄마는 없는 힘을 쥐어짜냈고, 그런 엄마를 보고 있으면 채아도 힘이 생겼다. 채아는 교수 이모가 그렇게 끝까지 우리와 함께 손잡고 있으리라 생각했다. 그렇게 어이없이 떠날 줄은 몰랐다.

교수 이모는 어제보다 오늘, 오늘보다 내일, 자신의 아이가 점점 나아지고 있다고 믿었다. 채아의 눈엔 친구의 장애가 여전했고, 어쩔 땐 더 심한 상동 행동을 하기도 해 정말 나아지고 있는 건지 의심스러웠지만, 교수 이모의 말을 믿었다. 그들이 가지고 있는 장애가 끝내는 나아질 거라고. 꾸준히 치료받으면 꼭 놀라운 기적이 벌어질 거라고. 교수 이모는 자신의 평생을 바친 직업을 내려놓고 아이에게만 매달렸다. 감당하기 벅찬 치료비 때문에 집도 팔고 빚도 냈다. 하지만 끝내 교수 이모는 떠났다.

"채준이 엄마, 나 더는 버틸 힘이 없어. 우리 아이들은 나아지지 않아, 나아질 수 없어. 이 장애는 병이 아니잖아. 그러니 고칠 수도 나아질 수도 없는 거야. 그동안 나아질 수 없는 장애라는 걸 알면서도 버틴 거야. 내가 고집을 부렸어. 어떻게든 세상에 내 아이를 끼워서 맞춰보려고. 자신만의 세상에 머무르겠다는 아이를 자꾸만 억지로 끄집어내서 무서운 세상 속에 집어넣고 있었던 거야. 얼마나 무서웠겠어, 안 그래? 내 아이는 이 세상이 공포 그 자체고, 이 세상은 내 아이에게 맞춰줄 생각이 없어, 조금도. 그래, 희망을 세상에서 찾을 게 아니라 내 아이 안에서 찾았어야 하는 게 맞아. 인제 그만 힘들게 할래. 아이도, 나도……."

이모는 치료실에서 성인 아이를 데리고 온 노부부를 만났다고 했다. 성인이 되었어도 아이의 장애는 여전했고, 노부부의 눈빛은 흙빛이었다고 했다. 이모는 자신의 미래를 봤다며 엄마 앞에서 오열했다.

"채준이 엄마, 흙빛 눈빛이 뭔지 알아? 자기 눈빛, 그리고 내 눈빛이야. 우리가 억지로 숨기고 산 그 눈빛……. '어떻게 죽지, 이 아이를 두고 내가 어떻게 죽나…….' 하는 그냥 그런 눈빛……. 맞아, 그분들도 그 눈빛이었어. 죽지도 살지도 못하는 눈빛이었다고. 이미 몸은 쇠했는데, 죽을 날이 가까이에 있는데, 여전히 어떻게 죽을지 답을 찾지 못한 눈빛 말이야. 그 사람들에게서 내가 보이고, 내 아이가 보였어. 채준이 엄마, 나 사실 여태껏 어떻게 죽을지는 생각하지 않고 살았어. 그런 생각이 들면 억지로 고개를 흔들며 잊으려고 했어. 그냥 어떻게든 버티며 살아낼 생각만 한 거야. 근데 이제는 나…… 어떻게 죽을지 생각해 보려고 해. 그 답을 찾고 싶어. 나 이제는 잘 죽는 법을 찾아볼래."

얼마 후, 이모는 이곳에서보다 나은 죽음을 찾아 미국으로 떠났다. 미국의 작은 시골 마을에 농장 일을 하는 친척이 있다고 했다.

"농장이 아주 넓어. 끝이 안 보여. 거기서는 내 아이가 하늘

하고 구름하고 바람하고만 어울리면 되니까. 그렇게 거기서 는 이놈의 세상을 이토록 겁내지 않아도 되니까."

이모가 떠난 후 한동안 채아의 집은 무겁게 가라앉았다. 엄마는 묻는 말에만 겨우 대답했고, 알 수 없는 표정으로 오빠를 돌봤다. 엄마는 채아에게도 무척 예민했다. 작은 실수도 용납할 수 없다는 듯이 무섭게 잔소리를 퍼부었다.

"박채아, 너까지 이러면 어쩌니? 엄마가 네 꽁무니까지 쫓아다녀야 해? 너까지 보태지 않아도, 엄마 정말 너무 힘들어. 안 보여? 엄마가 죽지 못해서 사는 게!"

날 선 엄마와 부딪히지 않으려고 채아는 엄마의 눈치를 살펴야 했다. 눈치 볼 줄 모르는 오빠가 엄마를 건드리면 엄마는 울부짖었다.

"왜? 내가 왜 이러고 살아야 하니? 언제까지? 죽을 때까지? 아니, 엄만 죽어도 눈을 못 감아. 정말 죽을 수도 없어! 죽고 싶은데, 죽을 수가 없다고! 죽지도 못하고 이렇게 살아야 하는 거, 이게 바로 지옥이야. 여기가, 내 집이 바로 지옥이라고! 나는 지금 지옥에 살고 있다고! 아니 지금 죽어 있는 거나 마찬가지라고!"

겨우겨우 참아내던 엄마가 '죽음'을 뱉어내면 채아는 불안해졌다. 내일 아침 눈을 떴을 때, 엄마가 사라져 버렸을까 봐 채아는 침대에 누워서도 문밖의 기척을 살펴야 했다. 하지만 엄마는 끝내 다시 천천히 기운을 차렸다. 엄마는 어떻게 죽을까에 대한 고민을 미뤄두고 나고 자란 땅에서 어떻게든 다시 살아내기로 마음먹은 것 같았다. 그렇게 엄마는 살아내기로 마음먹었는데, 오빠가 죽어버렸다. 영영 우리 곁을 떠나버렸다.

'오빠는 어떻게 죽을까를 미리 고민했을까? 오빠만의 세상에서 오빠에게 죽음은 어떤 것이었을까?'

채아는 입안에 까슬하게 와 닿는 현미빵을 꼭꼭 씹었다. 고소함이 천천히 입안에 번진다. 빵을 베어 물던 오빠의 천진난만한 웃음이 떠오른다. 엄마의 등을 감싸고 있는 저 따뜻한 햇볕에 오빠의 모습이 겹쳐 보인다. 오빠가 그곳에서는 남들의 날 선 눈빛이 아닌 따뜻한 시선 속에 머물렀으면 좋겠다고 생각한다. 죽음을 고민하지 않고, 덤덤히 삶을 살아내게 하는 시선 속에 머물렀으면……. 그곳에서는 오빠다움이 부디 당당했으면…….

어린이 자료실

'박채아 정말 너무한 거 아냐? 뭐 어려운 부탁이라고, 그걸 무시해? 쳇.'

우빈은 채아가 괘씸했다. 채아가 남자 친구를 사귄다고 하면 우빈은 꽉꽉 밀어줄 자신이 있었다. 신상을 털어오는 건 물론이고 채아가 원한다면 대신 고백이라도 해줄 참이다. 그게 갓난쟁이 때부터의 우정이고 의리다. 그런데 채아는 고작 그 아이의 이름을 알아봐 주는 것도 귀찮은지 뭉개고 있다.

'치사하게. 박채아, 너 없어도 돼! 내가 직접 찾아낸다. 반드시, 나의 첫사랑을!'

울컥 서운함이 올라오던 우빈은 오기가 생겼다. 그 아이를 처음 본 도서관을 오늘도 샅샅이 뒤지고, 그도 아니라면 내일 아침 일찍 채아네 학교 교문을 지켜볼 생각이었다. 어떻게든 마음만 먹으면 채아가 없다고 못 찾을 것도 없었다.

- 너 오늘 학원 혼자 가. 나 도서관에 들렀다 갈 거니까.

우빈은 간식을 먹고 나가라는 엄마의 말도 무시하고, 채아에게 차갑게 문자를 남기고는 학원 가방을 챙겨 들고 서둘러 집을 나섰다. 얼른 도서관을 훑어볼 생각이었다. 부디 그녀를 찾아낼 수 있기를.

도서관엔 벚꽃이 톡톡 피어나고 있었다. 땅속의 물을 끌어올려 한껏 자신을 부풀린 벚꽃이 톡톡 토도독 그렇게 세상으로 터져 나오고 있었다. 우빈은 그 벚꽃 나무 아래에 앉아 음료수를 홀짝이고 있는 커플에게 눈이 갔다. 벚꽃을 핑계 삼은 데이트다. 저들은 꽃을 볼 생각이 없다. 하기야 사랑에 빠진 남녀에게 꽃이 무슨 소용이겠는가, 서로가 서로에게 꽃이 되어줄 텐데……. 우빈은 살짝 배가 아팠다. 얼른 그 아이를 찾아서 우빈이도 저 벚꽃 아래에 함께 있고 싶었다. 그런 욕심이 생기니 마음이 조급해졌다. 찰나에 피고 지는 게 저 벚꽃인지라……. 곧 봄비를 맞으면 꽃은 다 떨어져 버릴지도 모른다. 뭐, 꽃이 떨어져 버린다고 할지라도 서로가 서로에게 꽃이 되어준다면 그뿐이지만.

우빈은 5층 열람실의 문을 조용히 열었다. 모두가 숨죽인 듯 조용한 열람실은 빈자리가 거의 없이 빼곡히 채워져 있었다. 교복 입은 학생은 몇 눈에 띄지 않았다.

'어라? 저 녀석은 왜 여기 있어?'

몸이 안 좋다고 청소를 빼먹은 전교 1등 민준이가 얄밉게도 열람실에 앉아 있었다. 우빈은 가서 따지려다가 그만뒀다. 민준이 녀석의 얌생이 짓이야 한두 번도 아니고, 지금은 그 아이를 찾는 것이 더 급한 일이다. 찾는다 한들 오늘 그 아이의 연락처도 묻지 못할 테지만, 어쩌면 이름이라도 알 수 있을지 모르니까. 우빈은 열람실을 빠져나와 3층과 4층의 자료실을 뒤졌다. 하지만 그곳에도 그 아이는 없었다.

'흠……. 또 어린이 자료실에 있으려나?'

우빈은 마지막 기대를 품고 어린이 자료실에 들어갔다. 코흘리개 꼬맹이들 몇이 소곤소곤 떠들고 있었다. 아이들 책을 골라주러 온 부모님도 눈에 띄었지만, 그 아이는 찾을 수 없었다. 실망한 우빈이 그만 자료실 밖으로 나가려는데 서고 구석진 자리에서 작은 발이 까닥거리고 있었다. 마치 우빈이에게 신호를 보내기라도 하는 듯이, 까닥까닥. 우빈은 조심스럽게 하얀 양말을 신은 작은 발 가까이 다가갔다.

'헉. 그 아이야!'

쿵.

작은 발의 주인이 그 아이라는 것을 알았을 때, 우빈이는 더는 가까이 다가갈 수가 없었다. 심장이 떨어지는 것 같았다. 바이킹을 탈 때와 비슷한 느낌이었다. 몸속의 오장육부가 순식간에 내려앉는 느낌, 숨 쉬는 것조차 잊게 만드는 아찔함. 우빈은 자신의 심장 소리가 행여나 그 아이에게 들릴까 싶어 더 가까이 다가가지 못한 채, 애먼 서고의 책들만 뒤적거렸다. 몰래몰래 그 아이를 훔쳐보면서.

짧은 단발머리, 체크무늬 머리띠, 흰색 이어폰, 교복을 입지 않았다면 초등학생이라고 해도 믿을 만한 작은 몸과 책 위에 놓인 가느다란 손……. 가끔 발을 까딱거리며 집중해 책을 읽는 모습까지 우빈은 그 아이의 모든 것이 마음에 들었다. 그 아이를 흘깃흘깃 훔쳐보는 동안 자신도 모르게 자꾸만 히죽 웃음이 새어 나왔다.

'음, 어떻게 하지? 말을 걸어볼까? 이름이라도 물어볼까?'

우빈은 잠깐 망설였지만 이내 고개를 흔들었다. 체육 시간에 땀을 많이 흘려 냄새가 나는 것 같았다. 귀찮아서 다듬지 않은 머리도 너무 덥수룩해 보였다. 그리고 무엇보다 지금은 심장이 너무 날뛰고 있었다. 심호흡할 시간이 필요했다.

우빈이 어찌할 바를 모르는 동안 그 아이가 시계를 확인하더니 자리에서 일어섰다. 흠칫 놀란 우빈은 그 자리에서 얼음처럼 얼어붙어 꼼짝도 할 수 없었다. 그 아이는 조용히 읽던 책을 제자리에 꽂아두고는 천천히 신발을 신고 가방을 챙겼다. 우빈은 그녀가 꽂아둔 책을 몰래 꺼내 살폈다.

『분홍돌고래 이야기』.

'분홍돌고래?'

어디선가 들어본 적이 있었다. 지구에서는 20여 마리밖에 남지 않은 희귀 돌고래라고 했다. 분홍빛이 아름다워 눈길이 가지만, 실은 멜라닌 세포의 결핍으로 멜라닌 합성이 충분하지 않아 생긴 별종이라고 했다. 다른 고래들과는 다른 색을 가졌기 때문에 포식자들의 눈에 띄기가 쉽고, 그래서 생존 확률이 낮은 거라고. 역시나 그 아이가 읽고 있던 책의 그림에도 분홍돌고래는 무리 틈에서도 확연히 눈에 띄었다. 그 아이 또

한 우빈이에게는 분홍돌고래처럼 느껴졌다. 이제는 언제 어디서건 그 아이를 찾을 수 있다는 자신이 생겼다. 똑같은 교복, 어마어마한 대중들 틈에 섞여 있어도 이제 그 아이는 우빈이의 눈에 쏙 들어올 것이 틀림없었다. 그 아이에게서는 우빈이만이 볼 수 있는 빛이 뿜어져 나왔으니까. 그 아이를 닮은 사랑스러운 분홍빛이. 이제 저 아이는 우빈이에게 빛이다.

우빈은 책을 제자리에 꽂아두고 그 아이를 천천히 따랐다. 오늘은 용기가 없어 차마 말을 걸지 못하겠지만, 속엣말이라도 그 아이를 향해 인사를 하고 싶었다. '내일 또 여기서 만나!'라고.

그 아이는 벗나무 아래에 섰고, 잠시 뒤 은색 자동차가 나타나 그 아이를 태우고는 도서관을 벗어났다. 우빈은 차가 사라질 때까지 내내 서서 바라보며 인사를 건넸다.

'조심해서 가. 내일 또 보자!'

그제야 날뛰던 심장이 천천히 가라앉았다.

콩콩콩콩. 콩콩콩. 콩콩.

우빈이 자신의 심장 소리를 들으며 히죽거리고 있을 때, 멀리서 그 모습을 지켜보던 주희가 우빈에게 다가왔다.

"정우빈, 너 여기서 뭐 해?"

"어? 어, 그냥…… 잠깐 누구 좀 만나느라고."

"누구?"

"응?"

"누구냐고. 박채아?"

"아니, 채아 말고 다른 친구."

"너 설마…… 정말 여자 친구 생긴 거야?"

"으, 응? 아니, 아직. 근데 누가 그래?"

"박채아가."

"뭐야? 채아랑 둘이 드디어 화해한 거야?"

"아니, 그런 건 아니고……. 그냥 뭐……."

"에이, 좋다 말았네. 어지간하면 둘이 좀 잘 지내라. 언제까지 그렇게 원수처럼 지낼래?"

"쳇, 넌 아직도 이게 다 내 탓이라고 생각하지? 박채아가 얼마나 날 괴롭히는 줄도 모르고……. 넌 그래서 만날 채아 편만 드는 거지?"

"아냐, 내가 편은 무슨……."

"근데 왜 내 SNS에 하트 취소했어?"

"아, 아니 그, 그건…… 아휴, 모르겠다. 기분 나빴다면 미안."

"넌 박채아한테 절교당하는 게 그렇게 무섭니? 너는 채아 생각은 하면서 내 생각은 조금도 안 하지? 내가 서운할 거라는 생각은 못 했니?"

"아휴, 정말. 미안, 미안하다. 근데 나 정말 너희 둘 때문에 못살겠다. 고래 싸움에 새우 등 터진다는 게 무슨 말인지 나 완전 백 퍼 실감해. 새우등이 만날 만날 터져. 이쪽에서 퍽, 저쪽에서 퍽. 정말 죽겠다. 주희야, 나 진짜 못살겠다. 완전 항복! 그러니까 이제 둘 사이의 일에 제발 나 좀 끼워 넣지 마. 내가 채아한테도 똑같이 말할 거야. 됐지?"

우빈이 두 손을 번쩍 들어 항복을 표시했음에도 주희의 눈에 눈물이 가득 차올랐다. 그 모습을 본 우빈은 당황했다.

'아, 이 일을 어쩌지? 하트 하나가 정말 울 일인가? 하트를 한 백 개쯤 눌러준다고 약속이라도 해야 하는 걸까?'

금방이라도 눈물을 떨굴 것 같은 주희가 입술을 바르르 떨며 입을 열었다.

"정우빈……. 나 너한테 할 말 있어."

"그래, 말해."

"나 너 좋아해. 너 나랑 사귀자."

"엥? 뭐? 뭐라고?"

"나 너 처음 봤을 때부터, 그러니까 5학년 때부터 너 좋아했어. 그래서 지금껏 숱한 고백을 받았어도 남자 친구 안 사귄 거야. 너랑 처음 사귀려고. 네가 내 첫사랑이니까. 그러니까 정우빈, 너 나랑 사귀자."

"어? 어……. 주희야, 그게 말이야. 나, 난……."

"우빈아, 나 너 정말 좋아해. 그러니까 여자 친구 사귈 생각이면 나랑 사귀자고."

"그게……. 주희야, 사실……."

"정우빈, 난 정말 채아 눈치 안 보고 너랑 만나고 싶어. 너랑 밥도 먹고, 너랑 영화도 보고, 너랑 학원도 같이 다니고, 너랑 사진도 찍고……. 나 너랑 놀고 싶다고! 채아든 누구든 아무 눈치도 보지 않고, 너는 나만 보고, 나는 너만 보고. 우리 그러자. 그러면 안 돼? 응? 우빈아, 나 너 정말 좋아한단 말이야."

"그, 그만……. 주희야, 사실 나 좋아하는 사람이 생겼어. 미안해. 정말 미안해."

"진짜야? 너 나 싫어서 거절하려고 거짓말하는 거 아냐?"

"아우, 아냐. 나 그런 거짓말 못 해."

"누군데? 누구냐고? 네가 좋아한다는 애."

"그, 그게, 아직은……."

"설마 채아야? 너 설마 채아 좋아해?"

"야! 미쳤나!"

"그럼 도대체 누구⋯⋯."

주희는 조금 전, 우빈이 넋을 놓고 바라보던 연두를 떠올렸다.

'에이, 그럴 리가 없어.'

"두고 봐, 정우빈. 넌 오늘은 날 거절했지만, 난 반드시 너랑 사귈 거야. 어떻게든 꼭 너랑 사귈 거라고!"

"미, 미안해. 주희야⋯⋯."

"됐어. 미안하다는 말이 더 기분 나빠. 오늘은 쪽팔리니까 나 먼저 갈래. 간다."

"그, 그래⋯⋯. 잘 가."

주희는 입술을 꽉 깨물었다. 오랫동안 망설여 온 고백이 허무하게 거절당했다. 주희는 애써 눈물을 참으며 뒤돌아섰다. 심장 부근이 화상을 입은 것처럼 화끈거렸다. 그래도 우빈이를 포기할 수는 없었다. 우빈이는 주희의 첫사랑이었으니까.

사랑의 조건

아파트 동 출입구 앞에 학원에 먼저 간다던 우빈이 와서 서 있었다. 보나 마나 왜 그 아이를 찾지 못했느냐고 따져 물을 것이 뻔했다. 채아는 우빈을 못 본 척 슬그머니 지나쳤다.

"야, 박채아! 어쭈? 너 지금 날 못 본 척하는 거냐? 야, 박채아! 박채아아아!"

채아는 우빈이의 괴성에 멈춰 섰다. 피한다고 될 일이 아니라는 걸 채아도 알고 있었다. 우빈이 성큼 다가와 물었다.

"박채아, 너희 학교 노란색 명찰은 2학년이야. 맞지? 그러니까 그 아이, 소연두는 우리랑 나이가 같아. 게다가 너희 학교 2학년은 고작 5반인데, 너 정말 연두를 못 찾은 거야? 응?"

"……."

"왜 말을 못 하냐? 내가 너 아니면 그 아이를 영영 못 찾을 줄 알았냐? 너 내가 지금 그 아이를 찾아내서 놀랐지? 내가 혼자서 그 아이 이름을 알아낼 줄은 몰랐지?"

"……."

"와, 얘 좀 봐. 끝까지 말을 안 하네. 너 못 찾은 게 아니라 아예 안 찾은 거지? 아니면 알고 있으면서도 일부러 나한테 말 안 한 거지? 맞지?"

"또?"

"또? 뭐가 또?"

"연두……. 연두에 대해서 네가 알아낸 게 또 뭐냐고."

"뭘? 아직은 이름밖에 몰라. 그것도 겨우 교복 명찰을 훔쳐본 거야. 연락처는 못 물어봤어. 그건 이제 네가……."

"우빈아."

채아의 표정에 긴장감이 묻어났다. 어차피 끝까지 숨길 수 있는 일이 아니었다. 채아는 우빈이에게 사실을 털어놔야겠다고 생각했다. 질질 끈다고 달라지는 것은 없을 테니까.

"왜 그렇게 무섭게 봐? 괜히 무게 잡지 마라. 이 배신자야."

"정우빈, 너 내 말 잘 들어."

"뭔데?"

"내 말 잘 들으라고."

"너 이미 그 아이 전화번호랑 다 알아봤구나. 이 녀석, 너 나랑 그 아이 연락처를 두고 밀당한 거야? 에이, 그런 거면 그렇다고 진즉 말을 하지."

"……."

"빨리 말해. 뭘 원해? 떡볶이? 피자? 뭐든 이 오빠가 쏜다. 내가 알아서 쏜다니까 뭘 그런 걸 가지고 우리 사이에 뜸을 이렇게 들이냐? 치사하게."

"정우빈……."

"그래, 이 오라버니는 들을 준비가 완벽하게 되었어. 얼른 말해."

"안 돼."

"엥? 뭐가 안 돼? 말 안 해준다고? 왜?"

"연두는……. 안 돼."

"왜? 왜 안 돼?"

"……."

"뭐야, 설마 연두 남친 있어? 어쩐지……. 그럴 것 같더라. 누구래? 그 운 좋은 놈은?"

"그게 아니라⋯⋯."

"아냐? 남친 없어? 그럼 도대체 뭔데?"

"연두⋯⋯. 1학년 때 우리 학교로 전학을 온 애야. 지금 우리 반이고."

"그게 뭐? 전학생인데 뭐가 문제야? 너희 반이면 더 잘된 일 아냐?"

"연두⋯⋯. 우리 학교 특수반에 자리가 있어서 전학을 온 애야."

"그게 무슨 말이야?"

"연두⋯⋯. 장애가 있어. 자폐장애."

"⋯⋯."

쉴 새 없이 종알거리던 우빈의 입이 닫혔다. 한동안 둘은 함께 침묵했다. 채아는 차마 우빈을 올려다볼 수 없었다. 매일 거울을 보듯 보는 우빈의 얼굴을 마주하기가 힘들었다. 볼 수 없었다. 놀라고 당황했을, 어쩌면 실망하고 또 화가 났을 그 얼굴을. 채아는 발끝으로 애먼 땅을 툭툭 치며 말을 이었다.

"정우빈⋯⋯. 그러니까 연두는 안 돼."

"⋯⋯."

"넌 왜 하필이면⋯⋯. 아무튼 더는 감정 낭비하지 마."

"……."

"그러니까 넌 왜 제대로 알아보지도 않고……. 넌 왜 아무 나……. 왜 아무나 막 좋다고 하고 난리야, 난리가. 하필이면 연두를……. 안 되는 애를……."

"그, 그만!"

떨리는 듯한 목소리로 우빈이 채아의 말을 막았다.

"박채아, 그만해. 너 더 이상 선 넘지 마."

싸늘한 우빈의 목소리에 채아는 발동작을 멈추고 우빈을 올려다봤다. 우빈의 얼굴이 차갑게 굳어 있었다. 그리고 그 차가운 얼굴로 우빈이 딱딱하게 말을 뱉었다.

"되고 안 되고는 내가 결정해. 좋아하고 말고는 내 감정이고, 그러니까 고백할지 말지도 내 결정이라는 말이야. 그동안 내가 모르는 척 그냥 넘어가 줬는데, 가만 보면 너 요즘 너무 선 넘는다. 자꾸 나한테 이래라저래라, 나 기분 별로야."

"야, 정우빈. 내가 또 뭘 언제 너한테 이래라저래라했다고 무섭게 이러냐?"

"어제는 주희 SNS에 하트를 지워라 말아라……. 나 네가 그러는 것도 사실 불편해."

"야! 그거는……."

"알아. 널 이해하니까 아니, 널 이해하려고 노력해야 하니까 내가 맞춰준 거야. 친구니까. 근데 넌 도무지……. 휴, 됐다. 그만하자."

"뭘 그만해? 그럼 내가 어째야 하는데? 이래라저래라한다고? 내가? 나도 네 친구라서 그래. 소연두……. 그 애 자폐장애인데 그럼 내가 어떻게 해? 말해봐! 너라면 뭐라고 말할 수 있는데? 내가 우리 오빠 닮은 장애인을 보고 첫눈에 반했다고 하면, 너는! 너는 나한테 뭐라고 할 수 있는데?"

"……."

"너는 잘해보라고 할 수 있어? 연락처도 알아봐 주면서 팍팍 밀어줄 수 있어? 내가 지금 너한테 연두는 안 된다고 하는 게 어떻게 이래라저래라야? 이건 다 너를 위해서……. 내가 네 친구니까……."

"박채아, 알았으니까 그만해. 그만! 제발 그만하라고!"

우빈의 얼굴이 복잡해 보였다. 슬프기도 하고 화가 난 것 같기도 했다. 그런데 정작 그만하라는 말뿐 아무 말도 하지 못하는 우빈을 보자 채아가 슬퍼졌다. 어쩐지 조금 화가 나기도 했다.

"정우빈, 너라도……. 아무리 너라도 안 돼. 안 되는 걸 안 된다고 말했을 뿐이야. 아무튼 난 네가 네 감정 잘 정리했으면 좋겠어. 아무리 생각해도 난 더 할 말이 없어. 내가 도와줄 수 있는 일도 아니고……. 네 일이니까 네가 알아서 해. 앞으로 연두와 관련해서는 나한테 어떤 말도 하지 말고, 어떤 것도 기대하지 마. 천천히 와라. 나 먼저 간다."

채아가 먼저 쌩하니 우빈을 앞질렀지만, 마음처럼 걸음에 속도가 붙진 않았다. 쿵쿵 보란 듯이 앞질러 힘차게 걷고 싶었는데 자꾸만 다리에 힘이 풀렸다. 그리고 이상하게 눈앞이 흐릿해졌다. 모솔 탈출에 좌절한 것은 우빈이고, 우빈이같이 멋진 남친을 얻을 기회를 잃은 것은 연두인데 채아는 왜 자기 무릎이 꺾이는 기분인지 이해할 수 없었다.

흔히들 자폐장애인은 사람을 거부한다고 생각한다. 자신만의 세상에 갇혀 남들과 소통하지 못한다고, 사람을 불편해한다고. 하지만 모두가 그렇지는 않다. 오빠는 사람을 좋아했다. 다만, 사람들과 어울려 소통하는 법을 배우지 못했을 뿐이다. 그것을 배우는 데에 남들보다 너무 오랜 시간이 걸렸으니까.

정확히 언제였는지는 기억이 가물가물하다. 기억 속에는 그날의 장면들만 그림처럼, 영화처럼 남아 있을 뿐이다.

하늘은 파랗고 넓게 펼쳐진 잔디는 짙은 초록색이던 날이었다. 봄날이었을까? 오빠가 치료차 다니는 놀이 학교에 축제행사가 있던 날이었다. 자원봉사를 나온 어느 대학 동아리 소속의 언니들은 청바지에 하얀색 티셔츠를 맞춰 입고 왔다. 어른들 말처럼 대학에 가면 정말 예뻐지는구나 싶게 언니들은 그날의 날씨처럼 모두가 눈부시게 예뻤다. 초록 잔디밭 위에서 하얀 티셔츠를 입은 언니들이 유치원 때나 부르던 동요에 맞춰 살랑살랑 율동을 선보였다. 〈곰 세 마리〉, 〈솜사탕〉 같은 뭐 그저 그런 노래들이 스피커에서 크게 울려 퍼졌다. 그 유치한 노래에 맞춰 언니들은 동작을 과장하며 춤을 췄다. 그 모습을 보며 발달장애, 자폐장애 언니 오빠들은 손짓과 발짓을 따라 했다. 물론 모두가 다 질서 있게 따라 한 것은 아니다. 몇몇은 그저 멍하니 다른 곳을 보기도 했고, 몇몇은 율동과 상관없이 음악 소리와 분위기에 신나서 여기저기를 방방 뛰어다니기도 했다. 또 몇몇은 알 수 없는 말을 혼자 중얼거리고, 코딱지를 파는 일에만 몰두해 있기도 했다. 도무지 질서라고는 찾아볼 수 없었다. 좋게 말하면 자유로운, 하지만 정확히는 매우 산만한 분위기였다.

노래를 부르고 춤을 추면서도 즐거워 보이는 사람보다 불안하고 초조하고 어딘지 모르게 슬퍼 보이는 이들이 더 많아 보였다. 그들을 지켜보는 선생님들과 부모님들이 그랬다. 그때 채아도 아마 안타까운 듯, 어쩐지 조금은 쓸쓸한 듯한 기분을 느끼고 있었던 듯싶다. 눈부시게 파란 하늘과 싱그러운 잔디가 아깝다 느꼈던가, 아니면 그토록 아름다웠던 배경을 모두 다 원망했던가. 채아는 자신이 왜 이 광경을 지켜보고 있어야 하는지 몹시 불편하고 짜증이 났다. 그냥 혼자 집에 있을걸, 혼자 있기 싫고 무섭다고 엄살을 부리며 엄마를 따라나서지 말걸 후회했다. 아무튼 그때였다.

"꺅!"

뾰족한 비명이 들린 곳을 돌아보니 오빠가 있었다. 오빠는 눈동자를 하늘로 치켜뜨고 손가락에 힘을 바짝 주고 꼼지락거리며 두 발을 모아 한자리에서 통통 뛰고 있었다. 오빠가 불안하고 무서울 때, 몹시 두려운 분위기를 감지하면 하는 행동이다. 엄마는 그런 오빠를 등 뒤에 숨기고는 얼굴이 벌겋게 달아오른 한 언니에게 미안하다고, 정말 죄송하다고 머리를 조아렸다. 음악 소리에 흥분했는지, 아니면 사춘기를 겪고 있는 오빠의 본능적인 반응이었는지, 오빠가 느닷없이 달려 나와 그 언니의 허리를 껴안은 것이다. 육중한 몸집의 남자에게 허리를 잡혔으니 그 언니는 몹시 놀랐을 것이다. 채아는 그 언니를 이해할 수 있었다. 그동안 장애가 있는 오빠의 돌발 행동에 의연한 이들보다 놀라는 이들이 훨씬 더 많았으니까.

그 언니의 친구들이 다가가 놀란 그녀를 부축해 자리를 옮겼다.

"어머, 웬일이니? 꼴에 남자라고 네가 예쁜 건 알았나 보다."

"무서웠지? 괜찮아? 아우, 어쩜 좋아. 내가 다 소름 끼쳐."

채아의 등 뒤를 스쳐 지나가며 그들은 분명 그런 말을 나누었다. 그 말들이 채아의 가슴을 할퀴었다. 그들의 눈에 자폐장애가 있는 오빠는 사랑도 뭣도 알면 안 되는 그냥 무서운 괴물이었다.

'꼴에 남자라고…….'

채아는 그 말을 잊을 수가 없었다. 장애가 있는 오빠의 '꼴'은 '남자'도 '사람'도 아니었다. 그렇다면 무엇이었을까? 그 '꼴'은 정말 소름 끼치도록 무서운 것이었을까?

파란 하늘과 푸른 잔디밭이, 세상 모든 것이 다 서러웠다. 오빠가 장애인이라는 것이, 자신이 장애인의 가족이라는 것이 어린 채아를 무척 서럽게 했다.

사랑엔 나이도 국경도 없다지만, 장애는 있다. 채아는 그것을 뼈저리게 체험했다. 그러니 아무리 우빈이라도 이 사랑을 시작할 수는 없다.

오빠를 등 뒤로 숨기고 미안하다며 고개를 숙이던 엄마, 그런 엄마 뒤에서 겁을 잔뜩 먹고 있었던 오빠. 그렇다, 자폐장애인의 사랑은 미안한 것이고 무서운 것이다. 그 미안하고 무서운 사랑은 아무리 우빈이라도 감당할 수 없을 것이다. 그리고 우빈이 감당하겠다고 고집을 부린다 해도 채아가 싫었다. 우빈이 그런 사랑을 할 이유가 없다. 또다시 누군가의 가슴을 긁고 긁히는 일에 우빈이도 채아도 들어가지 않기를 바랐다. 그게 전부였다.

인싸와 찐따

주희는 연두의 빈자리를 노려보고 있다. 아랫입술을 잘근 잘근 씹으며. 주희는 지금 몹시 화가 난 상태다. 며칠 전 우빈이 SNS 스토리에 한 여자아이의 그림과 함께 연애를 암시하는 게시물을 올렸다고 했다. '모솔 탈출 예정'이라고 했다던가. 하지만 주희가 확인하지 못한 사이 그 게시물은 삭제되었다. 좀처럼 게시물을 잘 올리지 않는 우빈이 왜 하필 그날 스토리를 올렸는지, 자신은 어쩌다 그것을 놓쳐버린 건지 주희는 짜증이 났다.

"정말? 우빈이가 정말 그런 걸 올렸단 말이야? 너희들, 왜 나한테 말 안 해줬어?"

"주희 너는 당연히 본 줄 알았지. 그리고 뭐 좋은 소식이라고…….."

"누군지 봤어? 내가 아는 애야?"

"그림이라 뭐 정확히 누군지는 알 수 없었어. 자세히 보긴 봤지만, 그냥 짧은 단발머리에 머리띠를 한 연두 닮은 애였어. 우리 학교 교복 같았고."

"뭐? 여, 연두?"

"아니, 아니. 연두가 아니라 연두 닮은 애."

친구들은 연두가 아닌 '연두 닮은 애'라고 했지만, 주희는 그 아이가 연두라고 확신했다. 도서관에서 우빈이 웃음을 숨기지 못하고 바라보고 있었던 아이가 분명 연두였으니까. 그날 분명 우빈이는 연두의 뒷모습에 눈을 떼지 못하고 연두가 떠난 뒤에도 한동안 그곳에 가만히 서 있었다. 주희가 가까이 다가오는 것도 보지 못한 채로. 그러니 우빈의 게시물 속 미지의 여자애는 '연두 닮은 애'가 아니라 연두, '진짜 연두'일 것이다.

"나 좋아하는 사람 생겼어."

그날, 주희가 우빈이에게 사귀자고 먼저 고백했던 날, 우빈은 분명 좋아하는 사람이 생겼다고 말했다. 게다가 SNS에는 그런 게시물을 올렸다고. 이 모든 정황을 종합해 봤을 때, 우빈이는 정말로 연두를 좋아하는 것이다.

'뭐야? 도대체 왜? 이게 말이 돼?'

주희는 우빈이 좋아하는 아이가 연두라는 것을 믿을 수 없었다. 아니, 정확히는 화가 났다. 주희는 초등학교 5학년 때부터 우빈을 좋아했다. 우빈이 눈치가 아무리 없다고 해도 모르지 않았을 것이다. 우빈을 보면 이유도 없이 싱글벙글 웃기만 하던 주희를, 우빈이 가는 곳이면 채아와 함께 어디든 쫓아다니던 주희를, 우빈의 생일에 정성껏 선물을 준비한 주희를, 그런 주희의 마음을 정말 우빈은 몰랐던 걸까? 아니, 그럴 리 없다. 친구들이 다 아는 주희의 마음을 어떻게 우빈이만 모를 수 있나?

그동안 주희는 내심 우빈이 먼저 고백해 주기를 기다렸다. 채아와의 관계가 틀어진 후 우빈과의 관계도 조금은 서먹해졌지만, 자신의 마음을 우빈이 알아줄 거로 믿었다. 또 받아줄 거라고. 주희는 아랫입술을 더 세게 깨물었다. 분했다. 자신이 저 바보 같은 장애인 따위를 질투해야 한다는 것에 참을 수 없이 화가 났다.

수업이 끝나는 종이 울리고, 쉬는 시간 연두가 어느새 교실에 들어와 조용히 자리에 앉았다. 주희는 춤 연습을 해야 하는 것도 잊어버리고 그런 연두를 찬찬히 훑었다.

'저 찐따를 좋아한다고? 정우빈이? 내가 아니라 쟤, 소연두를?'

창백할 정도로 하얀 얼굴에 여리여리한 연두는 얼핏 예뻐 보일 수도 있지만, 예쁘기로 따지면 주희와 비교할 수는 없다. 주희는 이미 여러 차례 길거리 캐스팅을 받을 만큼 예뻤다. 노래도 춤도 주희를 따라올 만한 친구는 학교에 아무도 없었다. 비단 주희의 학교에서만이 아니다. 인근의 학교에서도 주희는 소문난 아이였다. 예쁘고 끼 많은 아이로 알아주는 인싸다. SNS의 팔로워 숫자도 여느 셀럽 못지않다. 그런 주희의 마음을 몰라라 하고 정작 좋아하는 애가 고작 소연두라니, 주희는 이가 갈렸다.

'정우빈, 너 정말 미친 거 아냐? 쟤 때문에 내가 안 된다는 거야? 그게 말이 돼?'

별안간 주희가 벌떡 일어나 연두에게 다가갔다. 속마음과는 달리 활짝 웃는 얼굴로.

"연두야, 안녕?"

"어? 어……. 아, 안녕?"

느닷없이 다가온 친구의 인사에 연두는 바짝 긴장했다. 연두의 손가락이 허공에서 피아노를 치듯 부지런히 움직였다. 연두는 시선을 어디에 둬야 할지 몰라 무척 곤란한 듯 눈동자를 이리저리 굴리며 가만두지 못했다.

'이런 병신을, 이 찐따를 좋아한다고? 정우빈이?'

주희는 자신과 눈도 제대로 못 마주치고 허둥대는 연두를 속으로 비웃었다. 하지만 겉으로는 매우 살갑게 연두에게 다시 말을 붙였다.

"연두야……. 우리, 오늘부터 친구 할래?"

"치, 친구?"

"그래, 친구. 어때?"

주희가 연두의 책상에 엉덩이를 대고 걸터앉아 연두의 얼굴에 자기 얼굴을 바짝 들이대며 말했다. 연두는 자신의 책상이 주희의 엉덩이 밑에 깔린 것이 불편했고, 주희의 입김이 너무 가까이에서 느껴지는 것이 싫었다. 연두는 손가락을 쉴 새 없이 꼼지락거리며 주먹을 여러 번 쥐었다 편 후, 그간 연습해 왔던 말인 듯 천천히 입을 열었다.

"미안해. 나, 나는 장애가 있어. 호, 혼자 있고 싶어. 좀 비, 비켜줄래?"

예상치 못한 연두의 말에 주희의 낯빛이 차갑게 변했다.

"뭐래? 네가 자폐장애가 있는 건 나도 알고, 너 친구가 뭔지 몰라? 내가 네 친구를 해주겠다는 거야. 근데 그게 싫어?"

"미안해. 나, 나는 장애가 있어. 호, 혼자 있고 싶어. 좀 비, 비켜줄래?"

연두는 같은 말을 반복했다.

"어머, 얘 좀 봐. 뭘 자꾸 비켜달라는 거니? 친구 하자고, 친구! 소연두, 너 친구 몰라?"

"아, 알아. 연두 알아! 친구!"

"그래, 그 친구. 우리 오늘부터 친구 하자, 어때?"

"우, 우리 오늘부터 친구 하자. 어, 어때?"

연두가 기죽은 듯 어눌하게 주희의 말을 따라 했다. 그제야 주희가 차갑던 얼굴을 풀고 웃었다.

"그래, 좋아. 그럼 우리 오늘부터 친구다. 맞지?"

"오, 오늘부터 친구다! 마, 맞지!"

"그래, 연두야. 앞으로 잘 지내보자. 알았지?"

"아, 앞으로 잘 지내보자."

주희의 말을 그대로 따라 하던 연두가 시선을 책상 모서리에 둔 채로 미간을 잔뜩 찌푸리며 또다시 머뭇머뭇 말을 이었다.

"미안해. 나, 나는 장애가 있어. 호, 혼자 있고 싶어. 좀 비켜 줄래?"

"그래, 그러지 뭐."

주희가 연두의 책상에서 내려와 자신의 자리로 돌아왔을 때, 주희의 패거리가 의아하다는 얼굴로 주희를 바라봤다. 주희는 그냥 어깨를 으쓱했다. 별일 아니라는 듯이. 그 모습을 지켜보는 채아의 얼굴이 붉게 달아올랐다는 것을 주희는 모르지 않았다.

'뭐? 어쩔 건데? 박채아, 넌 어차피 연두랑 친구 안 할 거잖아. 안 그래?'

다음 날도 또 다음 날도 주희는 연두에게 치근덕거렸다. 연두가 불편해하는 것을 알면서도 모른 체했다. 어쩌면 그 불편해하는 연두의 모습을 즐기는 것인지도 몰랐다. 마치 이렇게라도 연두의 불편함을 보지 않으면 안 되겠다는 듯이. 연두의 불편해하는 모습, 그 찐따 같은 모습을 봐야만 달궈져 가는 뜨거운 질투심이 사그라든다는 듯이.

"연두야, 우리 사진 찍을래?"

학교 수업이 끝나고 주희가 가방을 정리해 일어서려는 연두의 곁으로 다가가 휴대폰을 내밀었다. 연두가 답하지 않았는데도 주희는 연두의 어깨를 감싸고 셀카를 찍기 시작했다. 연두가 주희의 손길에 소름이 끼친다는 듯 몸을 부르르 떨었다. 연두는 몸을 배배 꼬아가며 잔뜩 움츠려, 주희의 손에서 붙들렸던 어깨를 겨우 빼냈다. 그리고 작은 목소리로 늘 하던 같은 말을 내뱉었다.

"미안해. 나, 나는 장애가 있어. 호, 혼자 있고 싶어. 좀 비, 비켜줄래?"

"아니, 난 비켜주기 싫은데? 넌 왜 자꾸 비키라고 하니? 사람 서운하게……. 그냥 사진 찍자는 거야. 난 너랑 사진 찍고 싶어. 연두야, 이거 봐봐. 이거 최신 앱이라 엄청 예쁘게 나와. 어때? 예쁘지?"

연두는 또다시 자신에게 뻗어오는 주희의 손을 피하려고 잔뜩 찡그린 채로 숨을 참고 있었다. 주희의 손이 또 한 번 연두의 몸에 닿으면 앙다문 입술 사이로 금방이라도 울음이 터져 나올 것 같은 얼굴이었다. 손끝에 힘이 바짝 들어가 꼼지락거렸고, 시선을 허공에 둔 채로 어쩔 줄 몰라 하고 있었다. 누가 봐도 불편해하는 모습이었다. 주희는 그런 연두를 무시한 채로 계속 사진을 찍었다. 보다 못한 친구들이 주희를 말렸다.

"서주희, 싫다잖아. 그만하고 가자. 강당에 가서 춤 연습한다며? 얼른 가자."

"아니, 연두가 언제 싫다고 했니? 싫다고는 안 했는데? 잠깐만 기다려. 몇 장만 더 찍고. 같이 찍을 거 아니면 너희는 좀 빠져. 연두야, 여기 봐봐. 카메라를 봐야지. 여기, 여기 말이야. 그렇지! 연두야, 찍는다. 웃어! 하나, 둘, 셋!"

주희가 카메라 버튼을 누르려는 순간, 채아가 주희의 휴대폰을 낚아챘다.

"서주희, 너 요즘 도대체 왜 그래? 미쳤어?"

씩씩거리는 채아를 보며 주희가 피식 웃었다.

"웃어? 너 지금 웃는 거야? 사람을 괴롭히면서 웃음이 나와?"

"내가 누굴 괴롭혔는데? 친구랑 사진 찍는 게 괴롭히는 거야? 그게 잘못이야?"

"친구? 네가 언제부터 연두 친구야?"

"같은 반이니까 다 같이 친구잖아, 안 그래? 연두도 그랬어. 나랑 친구 한다고."

"너 괜한 수작 부리지 말고, 좋은 말로 할 때 그만해. 싫다는 애 붙잡고 너 정말 뭐 하는 짓이야?"

"연두가 언제 싫다고 했어? 연두는 그런 말 한 적 없거든. 너야말로 괜히 시비 걸지 말고 네 갈 길 가."

"서주희, 나도 정말 너랑은 말 섞고 싶지 않아. 너 따위 나도 상대하고 싶지 않다고! 그러니까 연두 그만 괴롭히고 얼른 꺼져! 춤인지 뭔지나 추러 가라고, 얼른!"

"야! 박채아, 네가 뭔데 나더러 꺼지라 마라야? 재수 없게."

채아는 독기를 품고 자신을 노려보는 주희를 무시한 채로 연두를 돌아보며 말했다. 주희를 가로막아 연두가 갈 길을 열어주면서.

"소연두, 넌 얼른 집에 가. 너희 엄마 기다리시겠다. 얼른 가라고."

눈을 멀뚱멀뚱 뜨고 있는 연두에게 채아가 얼른 가라고 다그치자, 연두는 그제야 주섬주섬 가방을 챙겨 교실 문을 나섰다.

"박채아 너 정말 웃긴다. 너야말로 왜 느닷없이 연두에게 관심 있는 척해? 너 원래 연두 같은 애, 싫어하잖아. 안 그래?"

채아는 연두가 교실 밖으로 빠져나간 것을 확인한 후, 주희의 말에 대꾸하지 않고 가방을 챙겼다. 채아가 주희를 무시한 채로 교실 밖을 나서려고 하자, 주희가 채아의 팔을 붙잡았다. 채아는 주희의 손을 세게 뿌리쳤다.

"어딜 잡아? 이거 봐! 난 너 같은 애랑 할 말 없어!"

"나 같은 애? 나 같은 애가 어떤 앤데?"

"그걸 꼭 내 입으로 말해줘야 해? 넌 재수 없는 애지. 장애인 친구 괴롭히는 개념 없는 애!"

"웃겨, 정말. 박채아, 너 말 참 기막히게 한다. 그러는 너는 장애인을 아끼고 사랑하는 모양이지? 넌 연두를 막 사랑하니? 내가 아는 너는 전혀 그럴 애가 아닌데……. 내가 모를 줄 알아? 솔직히 너 연두 싫어하잖아. 연두는 장애인이니까. 넌 네 오빠도 싫어했잖아. 네 오빠도 연두처럼 자폐장애가 있어서! 안 그래? 제 오빠도 자폐장애가 있다고 끔찍하게 싫어했으면서, 네가 연두는 사랑한다는 거야? 그게 말이 돼? 어디 할 말 있으면 해봐, 내 말이 틀렸으면 틀렸다고 말해보라고!"

"야! 서주희, 너 함부로 말하지 마!"

"그것 봐. 너 내 말이 틀렸다고는 못 하겠지? 내가 모를 것 같아? 넌 놀이터에서 놀다가도 너희 오빠가 오면 도망쳤잖아. 너희 오빠 아닌 것처럼 모르는 척하면서. 내가 너희 집에서 놀고 있을 때, 너희 오빠가 일찍 집에 오면 넌 방문을 잠갔어. 네 오빠가 기웃거리는 게 싫어서. 네가 너희 오빠를 창피해한 걸 내가 모를 줄 알아? 그런데 왜 너희 오빠 죽고 나니까 마치 끔찍한 우애라도 있었던 것처럼 굴어? 네가 언제 너희 오빠랑 그렇게 다정한 남매였다고. 왜 나만 나쁜 사람을 만들어? 사실은 너도 나랑 똑같았으면서. 안 그래?"

"너 그만해라. 나 너랑 말도 안 되는 얘기 더 하고 싶지 않으니까."

"그래? 말도 안 되는 얘기라고? 정말 그런가? 좀 솔직해져라, 박채아."

"나쁜 년."

"대박! 내가 나쁘다고? 그래, 나 나빠. 근데 정말 나만 나쁜 것 같아? 넌 아니고?"

"완전히 제대로 미쳤구나."

채아는 자신의 죽은 오빠를 두고 '차라리 잘된 일'이라는 그 끔찍한 말을 뱉어 놓고도 끝내 사과하지 않는 주희를, 기어이 또다시 이렇게 억지를 부리는 주희를 상대하고 싶지 않았다. 채아는 주희를 향해 미쳤다고 표독스럽게 욕을 쏘아붙이고 뒤도 돌아보지 않고 학교를 벗어났다.

교문 밖을 나서자 그제야 눈물이 고였다. 가슴이 콕콕 쑤셨다. 주희의 말이 틀리지 않았다. 그래서 주희의 말에 차마 아니라고, 틀렸다고 당당하게 대꾸할 수 없었다. 채아는 오빠가 싫었고 창피했다. 지금이라도 오빠에게 사과하고 싶었지만, 이제는 오빠가 없다. 오빠는 채아에게 사과할 기회도 주지 않고, 말도 없이 죽어버렸다.

몹시 추운 날이었다.

아침에 엄마는 채아에게 패딩 지퍼를 단단히 올리라고 두 번이나 잔소리했다. 오빠의 옷은 엄마가 직접 여며주면서 채아에게는 말로만.

"몰라! 내가 알아서 할게."

채아는 볼멘소리하며 현관을 나설 때까지 옷을 대충 걸쳐 입고 나왔다. 일부러 엄마에게 반항하듯이. 하지만 아파트 정문을 벗어날 즈음에 채아는 멈춰 서서 패딩의 지퍼를 끝까지 올리고 모자까지 뒤집어썼다. 귀가 떨어져 나갈 것처럼, 얼굴이 칼에 베이는 것처럼 추운 날이었다. 세상이 그렇게 꽁꽁 얼어붙은 날, 바로 그날이었다. 오빠가 죽은 날은.

집을 나설 때와 다르게 채아는 옷을 단단히 입은 채로 집 안에 들어섰다. 아침에 엄마에게 통통거린 것이 미안해서 야무지게 옷을 든든히 입은 모습을 엄마에게 보여줄 참이었다.

"다녀왔습니다. 엄마, 나 왔어! 채아 왔어!"

하지만 채아의 인사에 아무도 대꾸하지 않았다. 집 안은 텅 비어 있었다. 날이 어둑해지도록 아무도 집에 오지 않았고, 누구도 채아를 찾지 않았다. 서늘한 빈집에 혼자 있어야 하는 일은 채아에게는 매우 흔한 일이었다. 그런데도 여전히 익숙해지지 않는 외로운 일이기도 했다. 채아는 엄마의 전화를 기다리며 패딩 지퍼를 끝까지 올리고 모자를 뒤집어쓴 채로 소파에서 잠이 들었다.

그날, 채아가 익숙한 듯 외롭게 소파에서 잠들었을 때, 채아는 꿈을 꾸었다. 오빠 꿈이었다. 꿈에서 오빠는 자폐장애인이 아니었다. 주희의 오빠만큼이나 멋지고 듬직했다. 낯설지만 낯설지 않았던 꿈속의 오빠. 채아가 늘 꿈꿔온 모습이었기 때문이었을까.

"오빠! 같이 가자, 같이!"

채아는 오빠 손을 잡고 함께 학교에 갔고, 함께 집으로 돌아왔다. 덩치가 큰 오빠가 채아의 가방을 대신 들어줬다. 몸이 가벼워진 채아는 폴짝폴짝 뛰었다.

"채아야, 뛰지 마. 그러다 다쳐."

다정히 웃으며 자신을 챙기는 오빠에게 채아는 떡볶이를 사달라고 졸랐다. 오빠는 채아의 손에 컵떡볶이를 쥐여주었고, 야무지게 거스름돈을 챙겼다. 그러고는 뜨겁다며 채아가 들고 있는 꼬치의 떡을 호호 불어주었다. 천천히 먹으라며 채아의 머리를 쓰다듬어 주면서. 그런 오빠를 올려다보며 채아는 담뿍 웃었다. 자폐장애가 사라진 오빠와 눈을 마주치고 있는 그 순간이 무척 행복했다. 드디어 우리 가족에게 기적이 일어난 것이다. 오빠의 장애가 사라지다니! 엄마는 얼마나 기쁠까, 아빠는 또 얼마나 뿌듯할까. 채아는 얼른 엄마 아빠를 만나서 이 놀라운 소식을 전하고 싶었다. 세상 사람 모두에게 오빠를 자랑하고 싶었다.

"우리 오빠, 박채아의 오빠 박채준입니다. 어때요? 우리 오빠, 멋지지요? 제게도 이렇게 멋진 오빠가 있다니까요!"

그렇게 신이 나서 폴짝폴짝 뛰어 집으로 돌아왔다. 오빠와 함께 현관에 들어서서 막 신발을 벗으려는 찰나, 채아는 잠에서 깼다. 우빈이 엄마가 잠든 채아를 흔들어 깨운 것이다.

"채아야, 얼른 일어나. 얼른."

"이, 이모⋯⋯. 오빠가, 우리 오빠가⋯⋯."

"그래, 오빠한테 가자. 얼른 가보자."

꿈속에서 본 멋진 오빠를 자랑할 새도 없이 이모는 서둘렀고, 채아는 비몽사몽인 채로 병원에 도착했다.

"어, 어? 오, 오빠……."

하얀 천이 오빠를 머리끝까지 가려 덮고 있었다.

"채준아……. 불쌍한 내 새끼, 채준아. 엄마가 미안해. 나 때문이야, 아아아아악! 나 때문이야……. 나 때문이야!"

엄마는 주저앉아 가슴을 치며 오열하고 있었다. 엄마의 울음소리는 채아가 평생 들어본 그 어떤 것보다도 아픈 소리였다.

"채준아! 박채준! 일어나, 얼른! 엄마 여기 있어! 엄마 여기 있다고! 으허허허헉, 끄허허허억. 아들, 내 아들! 으허허허헉."

엄마의 울음소리에 채아 팔에 소름이 돋았다. 자식을 잃은 부모의 울음소리는 그렇게 끔찍한 것이었다. 생살이 갈가리 찢긴다 해도 저런 짐승 같은 울음소리는 나지 않을 것만 같았다. 극한의 고통, 한계를 넘어선 슬픔의 소리.

채아는 너무 놀라 후들거리는 다리를 질질 끌며 아빠에게 다가갔다. 아빠는 채아가 다가가도 알은체를 하지 않고 넋을 놓고 있었다.

"아, 아빠. 오빠는? 오빠 왜 저래? 오빠 또 어디 다쳤어?"

"채아야……. 오빠가, 오빠가…… 네 오빠가…… 내 아들 채준이가……."

아빠마저 주르륵 차가운 복도에 무너져 내려 쓰러졌을 때,

채아는 그제야 번뜩 정신이 들었다. 눈앞에 장애가 사라진 오빠가 있어야 하는데, 장애가 있는 오빠가 통째로 사라졌다는 사실을 깨달았다.

"오, 오빠……."

눈물이 나지 않았다. 오빠가 뒤집어쓰고 있는 하얀 천을 들춰볼 수도 없었다.

쿵. 쿵. 쿵.

무언가가 채아의 정수리를 세게 내려치는 것 같았다. 못을 박듯 내려치는 거대한 힘에 채아는 자신이 으스러지는 기분이 들었다.

'오빠가……. 박채아 오빠, 박채준이 죽어버렸어…….'

오전 산책길에 느닷없이 내달려 사라졌던 오빠가 뒷산에서 동사한 채로 발견되었다고 했다. 채아가 꿈을 꾸는 사이, 오빠는 손도 발도 심장도 얼어버린 것이다. 뜨거운 떡볶이를 호호 불어주던 오빠가 차갑게 꽁꽁 얼어 죽어버렸다.

채아는 꿈속에서 본 오빠를 누구에게도 말할 수 없었다. 미안했다. 단 한 번도 진짜 오빠를 꿈속에서처럼 자랑스러워한 적이 없었다. 그저 귀찮고 짜증 나고 밉고 싫고 창피한 오빠였다. 오빠는 꿈속에서처럼 언제나 채아를 좋아했는데…… 채아와 같이 있고 싶어 했고, 채아가 하는 것을 모두 따라 하고 싶어 했고, 채아가 화를 내고 짜증을 내어도 오빠는 언제나 똑같은 표정으로 헤헤 웃었는데……. 오빠는 자신의 마음을 표현하는 방법을 알지 못했을 뿐 채아를 사랑했다. 비록 가방을 들어주고 떡볶이를 사주지는 못했지만, 채아와 함께 있을 때 오빠의 눈은 늘 즐거웠다. 꿈속에서처럼. 그래, 그것은 분명 사랑이었다. 꿈을 꾸지 않았다면 끝내 깨닫지 못했을 사랑.

하지만 채아는 자신이 그 사랑을 받을 자격이 없다고 생각했다. 한 번도 준 적 없는 사랑을 채아가 어찌 받을 자격이 있을까. 참 뻔뻔하게도 그 사실을 이제 와 깨달았지만, 너무 늦어버렸다. 이제는 채아가 나눠주고 싶은 사랑을 받아줄 오빠가 없다. 꿈에서도 더는 오빠가 나타나지 않았다. 채아의 볼을 타고 뜨거운 눈물이 주르륵 흘렀다. 채아는 떨리는 입술을 달싹거리며 고백했다.

"오빠, 오빠 정말 미안해. 내가 잘못했어. 오빠, 너무 보고 싶어. 나도 사랑해, 오빠……."

고민

우빈이는 요즘 학교 수업이 끝나자마자 도서관으로 향한다. 우빈이가 도서관 앞에서 기다리고 있으면 곧이어 정확한 시간, 연두가 도서관에 나타나 어린이 열람실로 들어간다. 연두는 정확히 40분 동안 책을 읽다가 단 1분도 지체하지 않고 책을 덮고 일어선다. 그 시간 우빈이는 조용히 스케치북을 열어 연두를 그린다. 매일 같은 모습이지만, 또 다른 모습이다. 우빈이의 심장 소리에 맞춰 만년필이 사각거리고 매일 같은 듯 다른 모습이 우빈의 스케치북에 담긴다. 연두가 일어서면 우빈이도 스케치북을 덮고 연두를 조용히 따라간다. 잠시 뒤, 연두의 엄마는 늘 같은 시간에 은색 자동차로 도서관 주차장에 도착한다. 벚나무 아래, 연두가 앉아 있는 벤치 앞 딱 그 자리로. 연두가 잠깐 하늘을 올려다보고 바람을 느끼는 사이에. 조금도 빈틈이 없는 루틴이다. 요즘 우빈이는 그런 빈틈없는 연두의 루틴을 함께하는 중이다. 물론 지금까지는 연두 몰래 하는 일이지만.

자폐장애를 가진 이들에게는 빈틈없는 루틴이 중요하다는 것을 우빈은 이미 알고 있었다. 반복되는 일정, 똑같은 동선, 낯섦이 끼어들 틈이 없는 루틴. 그들은 그 루틴에 적응하기 위해 꽤 오랜 시간을 쏟는다. 그리고 그렇게 한 번 적응한 루틴은 그들에게 절대적이다. 빈틈이 생기고 변수가 생기는 순간, 그들은 혼란에 빠진다. 채준이 형이 그랬다.

채준이 형은 매주 금요일, 우빈이네 집에서 저녁을 먹었다. 금요일 저녁 오후 다섯 시부터 여덟 시까지는 채준이 형이 우빈이네 집에 머무르는 시간이었다. 채준이 형의 엄마를 좀 쉬게 하려는 우빈이 엄마의 배려였다. 매주 채준이 형을 마중하고 배웅하는 것은 우빈이의 몫이었다. 반복되는 루틴에 채준이 형이 이미 적응해 있었기 때문에 그다지 어려운 일은 아니었다. 다만, 좀 답답했을 뿐이다.

채준이 형은 놀이터를 질러가면 자기 집과 우빈이의 집이 훨씬 가까운데도 늘 아파트 단지를 빙 돌아 두 집을 오갔다.

"형! 이쪽으로 가자!"

채준이 형은 우빈이의 말을 들은 척도 하지 않았다. 주먹을 세게 쥐었다 편 후 발꿈치를 들어 올린 어색한 걸음으로 그저 성큼성큼 앞만 보고 나갔다.

"에이, 형! 이쪽으로 가는 게 훨씬 편한데……. 형! 저기 봐 봐. 114동 보이지? 114동이 우리 집이잖아. 형! 저기 애들 그네 타고 있는 것도 보이지? 그네 뒤에 114동이 있잖아. 그러니까 놀이터를 통과하면 우리 집이야. 무슨 말인지 알겠어? 그러니까 이쪽으로 가자, 응?"

채준이 형은 우빈이의 말에 잠깐 멈칫하는 듯했지만, 고집을 부리듯 내처 다시 걸었다. 우빈이의 말을 듣기는 한 건지, 듣고도 정말 모르는 건지, 어쩌면 다 알면서도 약을 올리려는 건지, 알 수 없는 일이라고 우빈은 생각했다. 그저 채준이 형의 고집에 고개를 절레절레 흔들 수밖에. 더욱 기가 막힌 것은 놀이터 쪽으로는 질러가지도 않으면서 슈퍼는 절대로 그냥 지나치지 않고 꼭 들른다는 것이었다. 그것도 꼭 10미터쯤을 남기고 다다다다 뛰어 들어갔다. 겨우 젤리 하나를 사기 위해.

그마저도 우빈이에게는 절대 한 개도 주지 않으면서 꼬박꼬박. 우빈은 그런 채준이 형이 답답하긴 했지만 그렇다고 밉지는 않았다. 그냥 그런 모습이 우빈이 처음부터 보아온 채준이 형이었으니까. 채준이 형은 원래 그런 사람이었으니까.

우빈이는 외동이었지만, 채아와 채준이 형 덕분에 집에 혼자 있는 날은 많지 않았다. 채아는 삼시세끼를 우빈이네 집에서 먹는 날도 많았고, 우빈이네 집에는 채아의 베개와 이불이 아예 준비되어 있을 정도였다. 채아는 마치 우빈이의 쌍둥이 누이라도 되는 것처럼 우빈이와 늘 붙어 지냈고, 실제로 적잖은 이웃들이 그들을 친남매로 여기고 있었다. 어쩌다 둘이 싸움이라도 한 날에는 우빈이 "너 이제 우리 집에 오지 마!" 하고 심술을 부리기도 했지만, 채아가 없으면 어쩐지 허전하고 또 우울했다. 다행히 채아가 아무 일도 없었다는 듯 자연스럽게 문을 열고 들어서면 우빈이도 모르는 새 처져 있던 입꼬리가 금세 올라갔다.

우빈이의 엄마와 채아의 엄마도 친자매처럼 가까운 사이였다고 했다. 여중생일 때부터 뭐든 함께하고 또 나누던 사이였다고.

"매번 정말 미안해."

"미안해서 어쩌지? 나 정말 너무 염치없지?"

"이제는 정말 미안하다는 말도 못 하겠다. 네 얼굴도 못 쳐 다보겠어. 너무 미안해서."

채아의 엄마는 늘 우빈이의 엄마에게 미안해했다. 하지만 우빈이의 엄마는 그 미안하다는 말을 싫어했다.

"야! 너 내가 미안하다는 말 한 번만 더 하면 진짜 절교라고 했어, 안 했어? 너 정말 내 얼굴 안 보고 살려고 그래? 미안하 긴 뭐가 미안해. 이건 미안한 게 아니라 그냥 좀 고마운 거야. 그냥 고맙다고 나중에 커피나 한잔 산다고 하면 될 것을……. 넌 너무 말이 길어. 길어도 너무 길다고! 너한테 구구절절 미 안하다는 말만 자꾸 들으면 나 정말 서운해, 계집애야."

"너도 우빈이 챙기느라 힘들 텐데, 내가 매번 채준이 핑계로 우리 채아를 너한테 떠맡기고……. 내가 정말 미안해서 그러 지……."

"어머, 얘 좀 봐! 너 정말 서운하다, 얘! 네 딸이면 내 딸이 지. 나 딸이 소원이었는데, 네 덕에 소원 풀이 한다는데 그게 왜 미안할 일이니? 넌 나중에 나 똥줄 탈 때, 우리 우빈이 밥 안 먹여줄 거야? 너 각오해라. 우리 우빈이는 채아의 두 배, 아니 세 배는 먹는다. 그나저나 저 녀석은 먹는 게 다 어디로 가나 몰라. 살도 안 찌고 키도 안 크고……. 속상해 죽겠어, 정말!"

우빈이는 엄마에게서 '우정'이 뭔지를 배웠다. 어쭙잖은 동정이나 입에 발린 위로는 '우정'이 아니라는 것을. 기쁨이든 슬픔이든 혹은 고통일지라도 함께 나누고, 함께 싸우는 것이 엄마에게서 배운 '진짜 우정'이었다.

엄마는 늘 채아의 엄마와 함께 싸웠다. 엄마는 우빈이 그동안 보지 못했던 낯선 모습으로 욕도 하고 소리도 지르며 채아의 엄마 편에 서서 함께 싸웠다.

"어떤 인간이야? 어느 무식한 인간이 그딴 소리를 했어? 당장 가! 어디서 그 소리를 들었냐고? 뭐? 네가 태교를 잘못해서 애가 장애라고? 별 미친 소리를 다 듣겠네. 무식한 것들. 어디야? 당장 앞장서! 도대체 넌 그 소리를 가만 듣고 있으면 어쩌니? 나한테 당장 전화라도 할 것이지. 울지 마, 네가 뭘 잘못했다고 울어? 잘못한 것들이 눈물 쏙 빠지게 울어야지! 앞장서! 내가 그냥 그 인간 머리털을 다 쥐어뜯어 버릴 거니까! 어서 앞장서라고!"

자폐장애에 대해 함부로 말하는 이들에게 진짜로 찾아가

한바탕 큰소리를 내고 사과를 받아낸 것도 우빈이의 엄마였다. 사과를 받아낸 엄마는 속이 시원하다며 깔깔 웃으며 맥주를 마셨고, 채아의 엄마는 곁에서 울기도 또 웃기도 했다.

"정신 차려, 계집애야. 싸워야 이기는 거야. 싸우지도 않으면 그건 그냥 진 거야. 앞으로 죽을 때까지 우린 이렇게 쉬지 않고 싸워야 하는 거야. 너는 제발 좀 맞고 다니지 마. 가뜩이나 멍투성이인 너를 건드리면 내가 가만 안 놔둬. 싸움은 죽기 살기로 해야 이기는 거야. 그게 싸움의 기술이야. 이놈의 세상, 장애인이라고 내 새끼를 사람 취급 안 하는 이 꼴같잖은 세상, 내가 진짜 이길 때까지 끝까지 싸운다. 내가 진짜 물고 뜯어서라도 이겨낼 거야. 그러니까 너도 정신 바짝 차려, 알겠어?"

"미안해. 괜히 나 때문에……."

"또 또! 제발 그 미안하다는 말 좀 그만해! 그래, 너 때문이야. 너 때문인 건 맞아. 너 때문에 나는 세상이 얼마나 기울어져 있는지를 알게 되었어. 지금이라도 세상을 바로 세워야겠다고 생각하는 건 너 때문인 게 맞아. 그러니까 너 잘 들어. 기울어진 것도 모르고 미련하게 사는 것보다 싸워서 바로 세우려는 내가 옳아. 안 그래? 내가 옳은 일을 한다는데, 네가 왜 미안하냐? 너 나 믿지? 고등학교 때 일진들도 포기한 꼴통이야, 내가. 알지? 일진들도 혀를 내두르게 한 그 꼴통이 바로 네 친구인 나라고! 난 말이야, 나 혼자 편히 살겠다고 치사하고 추접하게 묻혀서 사는 것보다 옳다고 믿는 일에는 죽어라 싸우면서 살 거야. 그게 이 꼴통이 세상을 사는 법이거든. 알아들어? 꼴통 친구!"

우빈이의 엄마는 고통받는, 늘 아파하는 친구와 함께 싸우기 위해 진짜 꼴통이 되었다. 지하철에서, 식당에서, 놀이터에서 은근히 깔린 차별의 시선을 마주하면 죽자고 싸웠다. 친구 가슴에 멍이 드는 것을 보지 못해서, 기울어진 세상에서 자꾸만 미끄러지는 친구를 끌어 올리기 위해서. 우빈은 그런 엄마가 자신의 엄마라는 것이 든든했다. 엄마 품에서라면 모두가 소중한 '우리'가 되는 게 좋았다.

우빈이 채아에게 서운한 것은 바로 그것이었다. 우빈이 엄마에게서 배운 '진짜 우정'은 함께 나누고 함께 싸우는 것인데, 채아는 우빈이 혼자 해결하기를 바랐다. 연두와 사귀는 것은 안 되는 일이라며 못 박고, 네 감정이니 네가 알아서 정리하라고 했다.

우빈이 인생 최초로 사랑에 빠진 상황, 이 복잡한 마음, 말로 표현하지도 못하는 이 답답한 심정을 채아와도 나눌 수 없다는 게 우빈은 서운했다. 만약 둘의 처지가 바뀐다면 우빈은 채아와 함께 나눌 수 있었다. 그게 무엇이든 간에 서로 옳다고 믿는다면 갓난쟁이부터의 우정과 의리로 고통을 함께 나누고, 죽자고 함께 싸울 수 있었다. 그런데 채아는 시작도 전에 안 된다고, 너 혼자 해결하라고 도망쳤다.

우빈은 도무지 혼자 해결할 자신이 없었다. 비록 처음 느낀 사랑이지만 사랑이라는 감정은 채아의 말처럼 그렇게 쉽게 뚝 끊어낼 수 있는 것이 아니다. 자꾸만 보고 싶고, 생각이 나고, 그 애의 꼼지락거리는 손가락만 떠올려도 심장이 콩콩 뛰는데……. 채아 자신은 주희를 미워하는 감정을 두고두고 끊어내지 못하면서, 우빈이 연두를 좋아하는 감정은 안 된다고 못 박아 끊어내라고 이야기하다니……. 채아가 주희를 미워하는 마음, 채아 가슴에 생긴 그 상처를 자신이 얼마나 안쓰러워했는데……. 연두가 장애가 있다고 어쩜 그렇게 쉽게 뚝 끊어버리라고 말할까? 연두에게 장애가 있고 없고를 떠나 우빈이 가진 감정을 좀 진지하게, 깊게 들여다볼 수는 없었을까?

우빈은 채아의 말을 한편으로는 충분히 이해하면서도 또 한편으로는 그렇게 적잖은 서운함이 쌓였다.

우빈이 채아에게 쌓인 서운한 마음을 어떻게 털어내야 할지 고민하는 사이, 연두가 도서관에 들어섰다. 우빈은 멀찍이 떨어져 조용히 연두를 따랐다. 연두는 어린이 열람실에서 책을 한 권 빼 들고는 늘 앉는 자리, 창가 서고에 기대앉았다. 우빈이도 스케치북을 꺼내 언제나 같은 자리, 연두의 옆모습을 잘 훔쳐볼 수 있는 곳에 자리를 잡고 펜을 들었다. 연두가 책장을 넘기는 모습을 보며 우빈이는 사각사각 그런 연두를 그렸다. 오늘도 똑같아 보이지만 또 다른 연두를.

책장을 넘기는 가느다란 손, 까닥거리는 하얀 양말, 중간중간 힘주어 오므리는 입술, 햇살이 떨어지는 어깨……. 모든 것이 이처럼 사랑스러웠다. 그림을 그리지 않고 그저 눈을 감아도 이렇게 선명하게 연두가 그려지는데……. 학교 칠판에도 교과서에도 길거리에도 온통 지금 이 모습의 연두뿐인데……. 이 마음을 어떻게 정리해야 하는 것인지 우빈이는 알지 못했다.

'도무지 어찌해야 하는 건지 모르겠어. 정말 모르겠다고. 사랑이 원래 이렇게 어려운 건가?'

우빈이 주변의 친구들은 좋아하는 여자 친구가 생기면 이리저리 뜸을 들이고 오래 고민하기도 했지만, 어쨌든 자신의 마음을 상대에게 전했다. 그러니까 좋아하는 감정 다음은 고백이다. 고백 이후엔 자연스럽게 사귀게 되기도 하고, 뻘쭘하게 거절당하기도 한다. 이거든 저거든 어쨌든 고백이 먼저다. 하지만 우빈은 그럴 수 없다.

연두를 좋아하는 감정이 깊어진다고 해서 우빈이 섣불리 연두에게 고백하며 다가갈 수는 없는 노릇이었다. 이런저런 상당히 많은 경우의 수를 생각하고 또 생각해야 했다. 가장 큰 고민은 자신도 모르게 시작된 사랑이 또 자신도 모르게 끝나버리면 어쩌나 하는 것이었다. 연두와는 다른 친구들처럼 쉽게 만나고 헤어질 수는 없었다. 만약 헤어진다면, 그렇게 되면 결국 혼자 남는 것은 연두일 테니까. 채준이 형처럼 연두를 혼자 남게 하고 싶지 않았다. 지금 우빈이에게는 관계를 지켜낼 수 있다는 자신감과 용기가 필요했다. 하지만 그 자신감과 용기는 하루에도 수십 번씩 생겼다가 사라지기를 반복했다. 그러다 결국 덜렁 혼자 남겨졌던 채준이 형이 생각나면 힘이 쭉 빠지고 조금 슬퍼졌다.

우빈이는 어렸을 때, 채아와 노는 것보다 채준이 형과 노는 것을 더 좋아했다. 채아와는 매일 소꿉놀이나 인형 놀이를 했는데, 시시하고 재미가 없었다. 어쩌다 전쟁 놀이라도 할라치면 채아는 금세 싫증을 냈다. 힘들고 재미없다고 그냥 집으로 가버렸다. 채아와 오래 놀기 위해서는 그냥 참을성을 가지고 소꿉놀이나 인형 놀이를 하는 수밖에 없었다. 하지만 채준이 형은 전쟁 놀이를 좋아했다. 쉴 새 없이 '빵야빵야', '슉슉'을 외치며 여기저기 뛰어다녔다. 얼굴이 벌게지고 땀을 뚝뚝 흘리면서도 쉼 없이 총을 쐈다. 우빈이가 지쳐 쓰러질 때까지.

채준이 형하고 그렇게 뛰어놀던 행복했던 순간이 분명히 있었다. 하지만 우빈이가 초등학교에 입학하고 다른 친구들과 어울려 놀게 된 후로 우빈이는 채준이 형과 노는 것이 재미없어졌다. 형은 총에 맞아도 한 번도 제대로 죽는 척을 하지 않았다. 답답했다. 채준이 형 총에 맞으면 우빈이는 늘 '커헉' 하며 쓰러져 죽는 척을 했는데, 채준이 형은 자신이 마치 무적인 것처럼 한 번도 쓰러지지 않고 쉴 새 없이 그저 '빵야빵야', '슉슉'만 외쳐댔다. 게다가 선을 넘어서 공격하면 안 된다고, 이쪽은 우리 기지라고 아무리 설명해도 형은 막무가내로 이쪽저쪽을 마구 뛰어다녔다.

"아, 형! 진짜 왜 그래? 나 형이랑 이제 안 놀아!"

"우빈아, 미안해. 채준이 형이 규칙을 잘 몰라서 그래."

수백 번 수천 번을 이야기해도 규칙을 모른다는 핑계로 제 멋대로 노니 우빈이도 슬슬 화가 났다. 그러다 보니 화를 참아 가면서 채준이 형과 노는 것보다 친구들과 보드게임이나 카드놀이를 하는 것이 훨씬 재미있었다. 재미있는 보드게임이나 카드놀이도 채준이 형이 오면 침대 밑에 숨겼다. 채준이 형은 같이 놀기는커녕 죄다 집어 던져 잃어버리기 일쑤였으니까. 그렇게 어느 날부터인가 우빈이는 슬슬 채준이 형을 피하게 되었다. 학교와 학원에 가느라 놀 시간이 많지 않은데, 아까운 노는 시간을 채준이 형 때문에 낭비하고 싶지 않기 때문이다. 결국 채준이 형은 덜렁 혼자 남았다. 혼자 '빵야빵야', '슉슉'을 내뱉으며 뛰어다녔고, 혼자 알 수 없는 말을 중얼거리며 주변을 맴돌았다.

'채준이 형은 외로웠을까? 형은 외로움을 알았을까?'

가끔 쓸쓸한 눈빛을 보내던 채준이 형, 친구들과 놀고 있는 우빈이를 물끄러미 멀리서 멍 때리듯 바라보던 형. 형의 그런 모습을 떠올리면 우빈이는 가슴이 콕콕 쑤셨다.

연두가 자폐장애라면, 연두와도 온전히 소통하지는 못할 것이다. 연두가 소통하는 방식은 우빈이와 다르고, 어쩌면 서로서로 외롭게 만들지도 모를 일이다. 다른 건 몰라도 자신이 연두를 외롭게 해서는 안 된다는 것만은 확실했다. 우빈이 지금 연두에게 용기를 내 다가가지 못하는 가장 큰 이유다. 자신이 연두를 혼자 남겨둘지도 모른다는 것, 그것은 콕콕 오싹하게 소름이 끼치는 것이다. 처음부터 혼자였던 것과 함께였다가 혼자 남는 것은 다른 것이니까. 지금 연두를 보면 콩닥콩닥 가슴이 뛰지만, 이 설렘이 멈춰버리면 연두가 시시해질지도 모른다. 채준이 형에게 그랬던 것처럼.

우빈이는 채준이 형을 혼자 둔 것처럼 연두를 혼자 둘 수는 없다고 다짐한다. 그런 상황을 또다시 반복해서는 안 된다. 버려진 사람의 황망함보다 버린 사람의 죄책감이 더 클 때가 있다는 것을 우빈은 이미 알고 있었으니까. 채준이 형이 죽고 난 뒤로도 여전히 형을 생각하면 고개를 들지 못하는 우빈이었으니까.

"제발 좀 저리 가. 나 혼자 놀 거야! 형도 혼자 좀 놀아!"

"형, 그거 내 거라고! 아이씨, 저리 가!"

채준이 형에게 습관처럼 고함쳤던 우빈이 가진 뒤늦은 후회와 미안함. 그 마음은 헤아릴 수 없을 만큼 크게 쌓여 있지만, 사과할 대상은 이제 이 세상에 없다. 채준이 형이 죽고 사라진 지금, 우빈은 그 미안한 마음을 풀 곳이 없어 늘 헛헛했다. 채준이 형이 그렇게 갑작스럽게 죽어버릴 것이라는 걸 우빈은 알지 못했다. 알았다면 형과 더 다정한 시간을 보냈을지 모른다. 형을 형으로, 좀 더 형답게 살 수 있도록 도와줬을지 모른다.

우빈은 어느 신문에서 자폐장애인의 평균 수명에 관한 기사를 읽은 적이 있다. 한국에서 자폐장애인 평균 수명은 스물다섯 살이 채 되지 못한다고 했다.

'엥? 스물다섯 살도 살지 못한다고? 도대체 왜?'

스물다섯 살은 기껏해야 대학생, 혹은 이제 막 사회생활을 시작할 나이다. '죽음'이라는 것을 상상하기엔 지나치게 젊은 나이. 한창 예쁘게 살아가야 할 나이. 대한민국에서 자폐성 장애인의 평균 수명은 유독 짧다고 했다. 전체 장애인의 평균 수명이 70대 후반인 것에 비교해도 턱없이 짧았다. 자폐장애인들은 자살, 심장질환, 암, 낙상 등의 사고사로 지나치게 이른 나이, 20대 초중반에 삶을 마감한다고 했다. 평균 연령 100세 시대에 그들은 남들의 1/4도 살지 못하고 생을 마감하는 셈이다. 채준이 형도 그렇게 죽었다. 열다섯, 지금의 우빈이와 같은 나이었다. 더욱 기가 막힌 것은 이처럼 짧은 자폐장애인들의 삶에 누구도 관심을 가지지 않는다는 것이다. 그들이 왜 이처럼 일찍 죽어야 하는지, 그들의 이른 죽음을 예방해야 한다는 시급함을 고민하는 이가 아무도 없었다. 어떻게 그럴 수 있을까? 남들보다 일찍 죽어도 그들의 죽음은 어느 누구도 아까운 삶이라 느끼지 않았기 때문일까? 하기야 채준이 형이 그 어린 나이에 죽었을 때도 형의 못다 한 삶을 아까워한 사람은 많지 않았다. 명문대에 다니거나 대기업에 다니거나 어마어마한 재산의 상속자라면 모를까, 제 앞가림도 제대로 하지 못하는 자폐장애인의 죽음을 모두가 너무 쉽게 생각했다.

'형, 왜 죽었어? 왜 죽어버렸어? 도대체 왜!'

채준이 형은 산책길에 혼자 내달려 길을 잃었고, 돌아오지 못하고 뒷산에서 얼어 죽었다.

"아니, 왜 온전치도 못한 아이를 데리고 산책을? 쯧쯧."

"이 추위에 그냥 집에나 틀어박혀 있을 것이지 뭐 하러 집 밖을 나와서는⋯⋯. 너도나도 다 고생시키고 이게 무슨 일이람?"

"차라리 잘된 거죠, 뭐. 여러 사람 고생 안 시키고."

자폐장애인을 집 안에만 가둬두려는 사회, 이 사회를 만든 것이 어른들이다. 다 아는 척, 친절한 척, 이 세상이 무척이나 평등하고 평화롭다고 생각하는 어른들의 가식이다. 어른들의 위선이다. 우빈은 채준이 형 덕에 어른들의 그 못마땅한 마음에 일찍 눈을 떴다.

아프면 누구나 찾을 수 있는 병원에서, 우빈이가 가면 사탕도 주고 작은 장난감도 쥐여주며 친절하게 주사를 놓아주던 의사 선생님은 채준이 형에겐 눈살을 찌푸리고 딱딱한 말투로 냉랭하게 굴었다.

"다른 병원으로 가보세요, 어머니. 환자분은 우리 병원에서 봐 드릴 수가 없어요. 다른 환자분들이 저렇게 대기하고 있는 것 보이지 않으세요? 이러시면 다른 분들에게 피해가 가요."

"미안합니다. 정말 죄송해요."

낯선 분위기에 바짝 긴장한 탓에 난동을 부리는 채준이 형을 등 뒤로 숨기며 이모는 늘 죄송하다고 머리를 조아렸다. 의사 선생님에게도 간호사 선생님에게도 자신의 아이를 꼭 끌어안은 채 인상을 쓰고 있는 다른 보호자에게도.

함부로 집 밖에 나오면 안 되는 이들, 아파도 병원에 제때 가지 못하는 이들…….

맞다, 어쩌면 우리 모두가 그들을 일찍 죽게 했는지도 모른다.

우빈은 서고에 기대앉아 이어폰을 꽂은 채로 책장을 넘기는 연두를 바라봤다.

'연두는 몇 살까지 살까? 병원에 갈 만큼 아프지 않고, 사고를 당하지 않을 만큼 자신을 보호하면서, 세상에 적응하지 못하는 아픈 마음을 스스로 달래면서 연두는 몇 살까지 버틸 수 있을까? 나는 연두의 삶에서 어떤 친구가 되어줄 수 있을까?'

갑자기 가슴이 콱 막혔다. 숨을 쉴 수 없을 것처럼 답답했다. 어디선가 시한폭탄이 째깍째깍 소리를 내는 것 같았다. 그 시계 소리에 우빈의 마음은 조급해졌고, 얼른 연두와 단 한 순간만이라도 함께 즐거워하고 싶었다.

'나로 인해 저 아이가 딱 한 번이라도 활짝 웃을 수 있다면, 내가 그 모습을 볼 수 있다면······.'

우빈이 연두를 애잔하게 바라보고 있었을 때, 연두가 시계를 보고는 자리에서 일어섰다. 보던 책을 책장에 반듯이 꽂아 두고는 우빈을 스쳐 앞서 걸어 나갔다.

『혼자가 된 백호 이야기』.

오늘 연두가 읽은 책은 백호랑이의 이야기인 듯했다.

'백호랑이는 왜 혼자가 되었을까? 왜 아무도 함께해 주지 않았을까?'

연두가 읽고 꽂아둔 책을 손가락 끝으로 슬쩍 더듬어 본 우빈은 갑자기 다짐한 듯 입술을 꽉 깨물고는 연두를 쫓아갔다. 인사라도 나눠볼 참이었다. 인사 정도는, 거기까지는 용기를 낼 수 있을 것 같았다.

"저, 저기⋯⋯."

우빈이 다급하게 연두를 불렀다. 하지만 이어폰을 꽂고 있는 연두는 우빈의 부름을 듣지 못했다. 우빈이 연두의 앞으로 다가가 다시 한번 말을 걸었다.

"저, 저기⋯⋯. 아, 안녕?"

우빈이 쑥스러운 듯 떨리는 손을 살짝 들어 올려 흔들었다. 연두는 갑자기 누군가가 다가와 자신의 앞을 가로막자 순간 긴장했다. 예상하지 못했던 상황, 이는 연두에게 무척 불편하고 곤혹스러운 상황이다. 연두는 우빈과 눈을 마주치지 못한 채 허공을 보며 꼿꼿하게 선 채로 두 손을 꼼지락거렸다. 연두의 당황한 모습에 우빈이 어쩔 줄 몰라 하며 가까스로 다시 입을 열었다.

"놀랐지? 미안해. 난 그냥 너와 인사를 하고 싶어서⋯⋯."

연두가 천천히 귀에 꽂힌 이어폰을 뺐다. 우빈은 용기를 내

다시 한번 인사를 건넸다.

"저기……. 안녕? 난 정우빈이라고 해. 너랑 인사를 하고 싶었어."

"아, 안녕? 나, 나는 연두! 소연두!"

연두가 학습된 인사말을 고함치듯 뱉어냈다.

"저기……. 내가 갑자기 말을 걸어서 놀랐지? 정말 미안해."

"으, 응?"

"그러니까 난 그냥 너랑 인사를 하고 싶어서……."

긴장감이 흐르는 분위기가 계속되자 참지 못한 연두가 자신을 방어하기 위해 준비된 말을 꺼냈다.

"미안해. 나, 나는 장애가 있어. 호, 혼자 있고 싶어. 좀 비켜줄래?"

"아! 그래. 미안."

우빈이 연두에게 사과하며 자리를 비켜주려고 할 때, 은색 자동차에서 급하게 내려 다가온 연두의 엄마가 연두를 끌어당겨 자신의 등 뒤로 숨겼다.

"학생, 무슨 일인가요?"

연두만큼이나 당황한 듯한 연두의 엄마가 우빈을 훑으며 물었다. 우빈은 연두의 엄마에게 상황을 차분히 설명했다.

"아……. 안녕하세요? 제가 연두와 인사를 나누고 싶어서 연두에게 말을 걸었어요. 아마 제가 갑자기 나타나서, 그러니까 오늘 처음으로 인사를 건넨 거라 연두가 당황한 것 같아요. 놀라게 해드려서 정말 죄송합니다."

우빈이 꾸벅 고개를 숙였다.

"우리 연두를 알아요?"

"아, 그게 도서관에서 자주 만나거든요. 그래서……. 인사를 하고 지내면 좋을 것 같아서……."

"미안해요. 우리 애는 장애가 있어요."

"네. 알고 있어요."

"그래요? 어떻게 우리 연두를 알죠? 우리 연두랑 같은 학교도 아닌 것 같은데……."

연두의 엄마가 경계하는 눈빛으로 우빈의 교복을 살피며 물었다.

"아, 그게 제 친구가 연두네 반이거든요. 박채아라고……."

채아의 이름을 듣자 연두가 엄마에게 소리치듯 큰 소리로 말했다.

"채아! 박채아는! 연두네 반! 연두 친구! 박채아!"

"채아가 연두 친구야?"

엄마가 확인하듯 다시 묻자, 연두가 활짝 웃는 듯한 얼굴로 고개를 크게 끄덕이며 대답했다.

"연두 친구! 박채아! 2학년 3반! 채아는 도와줘요! 연두를! 채아는 진짜 친구! 가짜 친구 아니고, 진짜 친구! 연두는! 채아 좋아요!"

채아가 좋다는 연두의 말에 우빈의 입꼬리가 살짝 위로 향했다.

"저는 정우빈이라고 합니다. 연두를 도서관에서 자주 보게 되어서 혹시 인사를 해도 되는지 연두에게 물어보려던 참이었어요."

"그렇군요. 연두야, 우빈이가 연두랑 인사하며 지내고 싶다는데?"

연두는 우빈이와 시선을 맞추지 않은 채로 우빈이 쪽을 바라보며 고개를 끄덕였다. 그러고는 조심스럽게 입을 열었다.

"아, 안녕? 나, 나는 연두! 소연두! 나, 나는 장애가 있어!"

연두의 목소리가 무척 맑다고, 우빈은 그렇게 생각했다. 살랑살랑 떨어지는 저 꽃잎에게 목소리가 있다면 연두의 목소리와 닮았을 거라고.

"응, 안녕? 나는 정우빈이야. 연두야, 만나서 반가워. 인사를 허락해 줘서 고맙고……."

"그럼, 안녕! 연두, 집에 가는 시간!"

"그래, 잘 가! 연두야."

연두는 딱 말 그대로 인사만 나눈 채 성큼성큼 앞으로 걸어 갔다. 뒤도 한 번 돌아보지 않았다. 우빈이는 모녀가 탄 자동차가 사라질 때까지 그 자리에 그대로 서 있었다. 심장이 콩콩 뛰었다. 인사를 하며 달싹이던 연두의 입술, 카랑한 듯 맑은 어린아이 같은 연두의 목소리, 어디에 시선을 둬야 할지 몰라 두리번거리던 연두의 시선, 인사를 마친 후 제 할 일을 다 했다는 듯 저 혼자 먼저 걸어가던 엉뚱한 걸음걸이까지……. 우빈은 그 모든 것이 한꺼번에 자신의 마음에 차곡차곡 새겨지는 것을 지켜봤다. 그 아이의 모든 것이 우빈을 웃음 짓게 했다. 웃을 수 있으면 그걸로 되었다는 생각이 들었다. 울게 되더라도, 아파서 신음하게 되더라도 그것은 나중 일이었다. '나중 일'이라는 것은 '이다음에 어른이 되면'과 같은 말이다. 당장 손에 쥘 수 없는 일, 까마득히 먼일 같으면서 생각만 해도 답답한 일. 그러니 굳이 지금, 이 순간 생각할 필요가 없는 일임이 확실했다. 이제 우빈이는 연두가 웃을 일을 고민하기로 했다.

진짜 친구와 가짜 친구

학원에 갈 시간에 맞춰 채아는 놀이터에서 우빈을 기다렸다. 요 며칠 우빈이와 서먹하게 지내는 중이긴 하지만, 여전히 학원은 같이 다녔다. 채아와 우빈이에게 그것만은 꼭 지켜야 하는 루틴이었다. 놀이터 쪽으로 걸어오는 우빈을 보고 난 후, 채아는 앞장서 걸었다. 우빈이 말없이 채아를 뒤따랐다. 채아는 학원이 있는 상가를 지나쳐 지하철역 쪽으로 걸어갔다.

"박채아, 어디 가? 학원 안 가?"

"우빈아, 우리 오늘 학원 째자."

"뭐?"

바른 생활 박채아가 학원을 빼먹자는 말을 다 하다니…….

우빈은 별일이 다 있다고 생각했지만, 따지고 보면 요즘처럼 별일이 있었던 날은 없었으니까. 우빈은 말없이 채아를 따라갔다. 채아는 지하철역 번화가의 코인 노래방으로 들어갔다. 우빈도 따라 들어가 둘은 노래를 불렀다. 목청껏 소리를 꽥꽥 질러가며 노래만 불렀다. 묻지도 답하지도 않고 그저 화면의 가사들을 따라 소리를 지르고 또 질렀다. 노래방에서 나온 채아가 이번엔 포토 사진관으로 들어갔다. 이번에도 우빈이는 채아를 따라 우스꽝스러운 가발과 별난 안경을 쓰고 사진을 찍었다. 눈을 동그랗게 뜨고 코를 벌름거리고 혓바닥을 내밀며, 보기만 해도 낄낄 웃음이 나는 사진들을 찍었다. 플래시가 터지는 순간, 환한 빛을 순간적으로 내뿜는 그 순간만큼은 복잡했던 머릿속도 하얗게 지워지는 기분이 들었다.

"배 안 고파?"

사진관에서 나온 채아가 물었고, 우빈은 "조금."이라고 답했다. 채아는 뭘 먹을 거냐고 묻지도 않고 마라탕집으로 향했고, 우빈도 짐작했다는 듯 따라 들어가 언제나처럼 같은 주문을 했다.

"작은 거, 중간 맛으로 하나에 옥수수면 추가해 주세요."

"아니, 오늘은 매운맛 먹자."

"괜찮겠어? 그래, 그럼. 저희 그냥 매운맛으로 주세요."

매운맛은 생각보다 더 매웠다. 콧구멍에서 열이 나고 눈알이 뻘게졌다. 캑캑거리며 마라탕보다 물을 더 많이 마시는 채아를 보자 우빈은 웃음이 났다.

"왜 웃어?"

"네 꼴을 봐라. 안 웃기는가. 맵찔이가 허세 부리더니, 꼴 좋다."

채아도 피식 따라 웃었다. 그래도 둘은 기어이 한 그릇을 싹싹 비우고 나와 버블 밀크티까지 하나씩 입에 물었다. 여태껏 계산은 모두 채아가 했다. 채아는 우빈이 지갑을 열 틈을 주지 않았다.

"너 뭐냐? 오늘 용돈 받는 날 아니잖아. 어디서 공돈 생겼냐?"

"그동안 돈 쓸 일이 뭐 있었냐? 이럴 때 플렉스하는 거지."

"뭐, 덕분에 잘 놀긴 했지만 어쩐지 좀 미안하네."

"미안은 무슨. 그나저나 우린 어쩜 학원을 째도 이렇게 할 일이 없냐. 시시하게."

"하나도 안 시시했어. 난 재미있었어. 모처럼."

"그래? 그럼 다행이고."

둘은 왔던 길을 되돌아 천천히 걸었고, 처음 만났던 놀이터 앞에 다다랐다. 어느새 해가 져 날이 어둑해졌다. 채아는 텅 빈 그네에 앉았다. 우빈이도 곁에 따라 앉았다. 그제야 채아가 물었다.

"정우빈, 너 그래서 어떻게 할 거야?"

"……."

"연두, 어쩔 생각이냐고?"

"모르겠어."

"그래……. 모르는 게 맞아. 나도 아무리 생각해도 모르겠으니까."

"응……. 정말 모르겠다."

"우빈아. 지난번엔 내가 미안해. 느닷없는 상황에 너도 놀랐을 텐데……. 내가 네 얘기를 들어볼 생각은 안 하고 너무 일방적으로 내 생각만 말한 거 같아. 당연히 네가 나보다 더 놀라고 당황했을 텐데……."

"그래서 오늘 느닷없이 풀코스로 쏜 거냐?"

"뭐, 이래저래. 간만에 너랑 제대로 놀고 싶기도 했고."

"그래, 뭐. 맞아, 나 너한테 좀 서운했어. 나도 정말 어쩔 줄 모르겠는데, 털어놓을 사람이 없어서……. 그게 서운하더라.

너 아니면 내 얘기 들어줄 사람이 없는 것도 답답하고. 너는 나더러 혼자 알아서 하라고 하는데……. 정말 아무것도 모르겠더라. 정말 답답해 죽겠더라."

"나도 생각해 보니 그렇더라고. 그냥 얘기라도 들어줄걸. 무조건 안 된다고 그렇게 못 박을 일은 아니었는데, 사람 감정을 그렇게 쉽게 이었다 붙였다 할 수 없는 건데……. 너는 늘 내 일을 네 일처럼 같이 끙끙거리고 고민해 줬는데, 나는 너무 모른 척한 것 같아서 미안했어. 알아서 끝내라고만 했으니까. 네가 서운했겠다는 생각이 들었어. 미안해. 진심이야."

"됐어. 겁나 서운했는데, 노래방도 사진도 마라탕도 버블티도 다 네가 냈으니까 이 오빠가 한 번 봐줄게."

"그래, 겁나 고맙다."

둘은 그렇게 삐걱삐걱 그네 소리를 들으며 한참을 앉아 있었다. 그러고는 우빈이 오늘 있었던 일을 채아에게 이야기하기 시작했다. 채아는 가만가만 이야기를 들었다. 여전히 우빈이가 연두를 좋아하지 않았으면 좋겠다고 생각했지만, 지금은 우빈이의 말을 차분히 들어주는 것 외에 다른 말은 하고 싶지 않았다.

"그런데 채아야, 연두가 그러더라. 네가 진짜 친구라고."

"그래? 뭐, 같은 반이니까. 그래도 소연두가 내 이름은 기억하는 모양이네."

"그냥 친구가 아니라 진짜 친구라고 했다니까. 박채아, 넌 역시 츤데레야."

"뭐래? 츤데레는 무슨······."

"말로는 관심 없는 척, 귀찮은 척하면서 그래도 네가 연두를 좀 챙겨준 거 아냐? 딱 그래 보이던데? 너 설마 연두가 내 미래의 여친이 될 수 있으니까 벌써부터 막 잘 보이려고 그런 거냐?"

"으이그, 가지가지 한다. 챙겨주긴 누가 챙겼다고 그래? 연두를 괴롭힌 적은 없지만, 그렇다고 뭐 챙겨준 것도 없어. 그러니까 너 제발 오버하지 말아라. 네가 뭐 아직 연두 남친도 아니고. 이제 겨우 인사나 나눈 주제에."

"뭐야? 설마 연두를 괴롭히는 애도 있다는 거야? 누군데? 내가 가서 아주 그냥 혼쭐을 내야겠네!"

"흥분하지 마. 네가 무슨 자격으로 혼쭐을 내냐? 네가 남친이냐? 친오빠냐? 웃기고 있어."

"누구냐고! 연두를 괴롭히는 게!"

"괴롭히긴······. 말이 그렇다는 거지. 그런 거 없어."

"확실하지? 어디 감히 우리 연두를……."

"걱정하지 마. 장애인 괴롭히는 건 쓰레기지."

"박채아! 너 그 말 틀렸어! 이건 장애인을 괴롭히는 문제가 아니라, 친구를 괴롭히는 문제를 지적하는 거야. 누구든 연두를 괴롭히는 애는 즉각 나한테 보고하도록 해. 아, 물론! 너를 괴롭히는 애들도 보고하도록!"

"뭐래?"

"하기야 누가 널 괴롭히겠냐마는……. 목숨이 하나인 걸 아는 자가 너를 괴롭힐 순 없지, 암만. 박채아의 손맛을 아는 자라면 감히 그럴 수는 없지!"

"야! 너 죽을래?"

채아는 우빈이 앞에 주먹을 쥐어 보였다. 우빈은 맞는 시늉을 하며 몸을 움츠렸고, 둘은 마주 보며 웃었다. 채아는 우빈이 소원하던 모솔 탈출이 가망이 없다고 하더라도 그게 뭐 어쩌랴 싶었다. 우빈이가 이처럼 웃고 있다면 그걸로 되었다는 생각이 들었다. 고민이 많다고는 하지만 연두 이야기를 할 때 우빈은 내내 웃었다. 누군가를 떠올리며 웃을 수 있다는 건, 어쨌든 행복한 일이니까.

"근데 채아야……."

"응?"

"연두 엄마가 나한테 했던 첫마디는 '미안해요'였어."

"……."

"'미안해요. 우리 애는 장애가 있어요'라고."

"……."

"그 말이 마음에 걸려. 미안하다는 말에 거리가 느껴져. 연두 엄마가 아니, 연두가 나한테 미안해하는 건 싫어. 미안할 이유도 없이 미안해하는 거. 정작 연두를 놀라게 한 건 난데, 왜 연두가 미안한 건지……. 그 미안하다는 말이…… 계속 마음에 걸려. 좀 기분이 안 좋아."

"장애가 있는 게 왜 미안한 일인지 모르겠다는 거지?"

"그게 미안할 일은 아니잖아."

"글쎄……. 미안할 일이 아닌데, 미안한 일이야. 미안해서는 안 되는 일인데, 미안한 일이 되어버린 거지. 그냥 그런 일로 만들어 버린 것 같아. 세상이, 사람들이……. 우빈아, 우리 엄마는 아마 '안녕하세요'라는 말보다 '죄송합니다, 미안해요' 이 말을 더 많이 하고 산 것 같아. 우리 엄마는 오빠랑 엘리베이터만 타도 오빠를 숨기면서 미안해했어, 같이 탄 사람들에게. 오빠에게 잔뜩 경계하는 시선을 보내는 건 그 사람들이었는데……. 누가 나를 기분 나쁘게 쳐다보고, 마치 범죄자 취급하듯이 쳐다보면 억울한 건 나 아냐? 그런 시선을 던진 그들이 미안해해야 하는 게 맞잖아, 안 그래? 그런데 그 사람들은 늘 당당해. 장애인은, 그것도 자폐장애인은 그런 시선을 느끼지 못한다고 생각하나 봐. 버젓이 엄마가 옆에 있어도 말이야. 그들이 그런 시선을 견뎌야 하는 엄마에게 미안해야 하는 건데, 미안한 건 늘 엄마였어. 웃기지?"

"응. 연두가, 아니 연두의 엄마가 내게 미안해한 게…… 마음이 안 좋아. 슬픈 것 같기도 하고, 언짢은 것 같기도 하고, 화가 나는 것 같기도 하고……. 암튼 뭐, 그래."

"이제 좀 알 것 같아."

"뭐가?"

"너희 엄마는 우리 엄마가 미안하다고 하면 막 화를 내셨잖아. 미안해하지 말라고, 차라리 고맙다고 말하라고. '진짜 친구'는 미안하다는 말이 거슬리나 봐. 누군가 나에게 쓸데없이 미안해하는 게 불편한 거. 그러면 '진짜' 아닐까?"

"음……."

"발을 밟았다거나 옷에 음료수를 쏟았다거나 그런 진짜 미안한 상황이 아니라, 엘리베이터를 같이 탄 것 같은 별 미안할 이유가 없는데 생기는 쓸데없는 미안함. 그런 미안함과 마주했을 때 그냥 당연하게 생각되거나 아무렇지 않으면 진짜는 아닌 것 같아. '나는 착한 사람이야'라고 생각하면서 아무렇지 않게 차별에 익숙해진 사람들은 미안함을 불편해하지 않거든. 장애인과 같이 엘리베이터를 타고, 그것을 장애인이 미안해하면 당연하다고 생각해. 마치 자신들이 그들과 한 공간에 있는 것을 잘 참고 배려하는 착한 사람이라는 착각. 뭐 그런 거."

"무슨 말인지 알 것 같다. 그럼 나는 연두에게 '진짜'인 거지?"

"너희 엄마는 우리 엄마가 너희 엄마에게 미안해하는 걸 쓸데없는 미안함이라고 생각하셨고, 그래서 그걸 불편해하셨던 것 같아. '진짜 친구' 사이에 당연히 할 수 있는 일이라고 생각하는데 우리 엄마가 자꾸만 미안해하니까. 두 분 우정은 '진짜'잖아, 안 그래? 그렇다면 너도……. 그래, 진짜야, 네 그 마음."

"연두도 너를 '진짜 친구'라고 하던데……."

"글쎄……. 그건 갑자기 연두에게 좀 미안해지네."

"왜?"

"연두가 '가짜'를 '진짜'라고 여기고 있는 것 같아서……. 나 사실 연두에게 그렇게 좋은 친구 아니거든. 친하게 지내기는 커녕 모르는 척하는 친구야. 관심 가지고 싶지 않은 친구. 그런 친구가 어떻게 진짜겠냐?"

"야! 너 우리 연두를 뭐로 보고? 우리 연두는 '진짜', '가짜'는 분명히 알아. 네가 아무리 차갑게 굴었어도 네가 츤데레인 걸 딱 알아본 거야. 우리 연두는 그런 애야."

"우리 연두? 너 연두한테 '우리' 하자고 허락이나 받고 오버하냐? 겨우 덜렁 인사밖에 못 했으면서……."

"야! '인사밖에'라니! 그 인사를 하느라고 이 오라버니 심장이 멎어버리는 줄 알았구먼!"

"큰일이다, 큰일이야. 그래서 어느 세월에 모솔 탈출할래? 쯧쯧."

"우이씨! 까불지 마, 너! 나중에 나한테 연애 상담해 달라고 조르지나 마!"

"풉. 아, 예. 잘 알겠습니다요."

채아는 우빈이의 사랑을 응원할 수는 없지만 지켜봐 줘야겠다고 다짐했다. 우빈이의 마음이 '진짜'라면 함께 들어주고 또 나눠줘야겠다고. 그게 '진짜 우정'인 거라고.

우빈이와 헤어져 엘리베이터를 타고 집으로 올라가며 채아

는 연두를 생각했다. 연두는 채아를 '진짜'라고 했다지만, 채아
는 '진짜'가 될 자신이 없었다. 연두를 보면 죽은 오빠가 생각
났고, 채아의 가슴엔 미안함이 가득 찼다. 그 미안함은 쓸데없
는 미안함이 아니다. 누구에게도 용서받을 수 없는, 몹시도 무
거운 미안함이었다.

실망

연두는 쉬는 시간이면 채아의 자리를 맴돌았다. 늘 그런 것
은 아니고 주희가 연두에게 다가갈 기미가 보일 때만 그랬다.
주희가 연두의 책상 근처로 다가가면 연두는 벌떡 일어나 채
아의 자리 곁에서 맴돌았다. 채아의 곁을 맴돈다고 해서 채아
를 귀찮게 하는 것은 아니었다. 채아 곁의 빈자리, 그러니까
앞자리나 옆자리 혹은 뒷자리에 가만 머뭇거리는 것이 전부
였다. 그러다 쉬는 시간이 끝나는 종이 울리면 또 그냥 조용히
자신의 자리로 돌아갔다. 채아는 그런 연두에게 신경 쓰지 않
았다. 아니, 신경이 쓰였지만, 신경이 쓰이지 않는 척했다. 연
두가 채아의 곁을 맴돌 땐 주희도 아니꼬운 얼굴이었지만, 연

두를 건드리지 않았다. 채아는 주희가 연두를 괴롭히는 것을 보는 것보다 연두가 자신의 곁을 맴도는 것을 모른 척하는 일이 훨씬 수월했다.

오늘도 종례가 끝나자 연두는 책가방을 정리해 채아의 자리 곁에서 맴돌았다. 채아가 가방을 메고 일어서자 연두가 조용히 따랐다. 신발을 갈아 신고 운동장을 가로질러 교문으로 향하는 동안, 채아가 한두 발걸음 앞서 걷고 연두가 뒤따랐다. 천천히 걷던 채아가 우뚝 멈춰서자, 연두도 따라 멈췄다. 연두가 다가오기를 기다리던 채아가 천천히 뒷걸음질 쳐 연두와 나란히 섰다. 그러고는 연두에게 차분히 말을 붙였다.

"연두야……."

"으, 응?"

"주희가 또 너에게 사진 찍자고 하면 '싫어!'라고 말해."

"으, 응?"

"너 주희가 사진 찍자고 할까 봐 불안하잖아. 그래서 주희 피하고 있는 거 아냐? 그냥 피하지만 말고, '싫어!'라고 말하라고."

"아, 안 돼!"

"왜?"

"'싫어!'는 나빠! 치, 친하게 지내야 해! 친구끼리는! 사이좋게!"

"음…….. 그럼 넌 주희가 너랑 사이좋게 지내려고 하는 것 같아? 너랑 진짜 친구로 정말 친하게 지내려고?"

"으, 응?"

"넌 주희가 사이좋게, 친하게 지내자고 하는 거……. 좋냐고? 안 불편해?"

"부, 불편해. 나, 나는 장애가 있어. 호, 혼자 있고 싶어."

"그럼 너 주희랑 같이 사진 찍는 건 어때? 좋아?"

"아, 안 좋아. 사진……. 연두 안 좋아."

"그렇지? 너 주희랑 사진 찍는 거 싫지? 불편하지?"

"연두 사진 싫어! 불편해!"

"그럼 그렇게 말해, 주희한테. '좀 비켜줄래?' 하지 말고, '싫어!'라고 말해. 사진 찍는 게 싫으면 싫다고 말해야 해. 그래야 주희가 너한테 사진 찍자고 안 하지."

"'싫어!'……. '싫어!' 속상해, 친구가. 나빠! '싫어!'는 나빠. 나쁜 거야!"

"흠……. '싫어'라는 말이 항상 나쁜 건 아니야. 싫은데 가만히 있으면 안 돼. 그게 더 나쁠 수 있어."

"으, 응?"

"싫은 건 싫다고 말해야 해. 안 그러면 계속 싫은 걸 같이 하자고 하잖아. 그래도 좋아?"

"아니, 안 좋아. 하지만⋯⋯. '싫어!'는 친구가 속상해."

"연두야, 싫은데 억지로 사진 찍으면 너 불편하지? 네가 그렇게 불편해하는 거, 그걸 보고 있으면 나도 속상해. 네가 '싫어!'라고 말하지 않아서 나도 속상하다고."

"으, 응? 채아⋯⋯. 속상해?"

"응. 네가 주희 그 계집애한테 당하는 거 보면 속이 상해."

연두가 아무 말 없이 채아를 바라봤다. 채아와 정확히 눈을 마주치지는 못했지만 분명 채아를 살피고 느끼고 있었다.

"아무튼 잘 생각해 봐. 연두 네가 주희를 그냥 어영부영 피한다고 될 일이 아닌 것 같아서 얘기한 거야. 그만 가자."

채아가 다시 걸음을 떼어 움직이자 연두도 곁에서 나란히 걸었다. 채아는 괜한 말을 했나 싶으면서도, 자신의 말뜻과 의도를 연두가 잘 알아들었길 바랐다.

채아와 연두가 나란히 교문을 벗어나자 연두 엄마가 은색 자동차에서 내려 채아에게 다가왔다.

"저기⋯⋯. 혹시 채아 학생?"

"네, 제가 박채아예요. 안녕하세요?"

"우리 연두에게 얘기 많이 들었어요. 우리 연두가 좀 귀찮게 하죠? 미안해요. 우리 연두가……."

"아뇨. 연두 저한테 귀찮게 안 해요. 연두 저한테 미안할 일 아무것도 안 했어요."

"그래도 우리 연두 챙겨주려면 힘들 텐데……. 정말 미안……."

"아뇨. 저 연두 안 챙겨줘요. 저 그렇게 착한 학생 아니에요. 그냥 다른 친구들이랑 똑같이……. 뭐, 그냥 그래요. 제가 연두 특별히 뭐 더 챙겨주고 그런 거 없어요. 앞으로도 뭐 더 잘해주고 그럴 거 없고요. 그러니까 저한테 미안해 마세요."

"그래요. 고마워요, 채아 학생."

"네. 고맙다는 말이 훨씬 듣기 좋네요. 미안하다는 말보다."

"응? 그게 무슨……."

"저기……. 제가 이런 말씀 드려도 되는지 모르겠지만, 자꾸 미안하다는 말 안 하셨으면 좋겠어요. 자꾸 미안하다고 하시면…… 그러면 연두가 정말 미안한 아이가 되잖아요. 연두는 미안한 아이가 아닌데, 그냥 같은 반 다른 친구들이랑 똑같은 친구인데 왜 자꾸 미안한 친구로 만드시는지 모르겠어요.

저 미안한 친구는 좀 별로거든요. 제가 버릇없었다면 정말 죄송합니다."

"아, 아니에요. 죄송한 게 아니라……. 고마워요, 채아 학생."

"그럼 안녕히 가세요. 연두야, 잘 가!"

"안녕! 잘 가!"

안녕이라는 인사가 끝나기 무섭게 연두는 기다렸다는 듯 차에 올라탔다. 문을 쾅 닫고는 창문을 열지도, 손을 흔들지도 않았다. 채아도 연두의 엄마에게 꾸벅 인사를 하고 뒤돌아섰다.

'도대체 뭐가 만날 미안해? 왜 제대로 알지도 못하고 미안하다는 말부터 하는 거지? 연두가 죄를 지었어? 미안하게?'

채아는 얼마 전 교내 폭력 사건으로 학교에 불려 온 가해자의 엄마를 떠올렸다. 남의 자식 얼굴에 상처를 낸 가해자의 엄마는 복도 끝까지 울려 퍼지도록 되레 큰소리를 뻥뻥 쳤다. 분명 자기 자식이 가해자인데, 적반하장으로 선생님들에게 고래고래 소리를 쳤다.

"학교에서 선생님들은 도대체 뭘 한 거죠? 왜 우리 애만 이렇게 몰아세워요? 때릴 만하니까 때렸겠죠! 우리 애, 별것도 아닌 일로 이렇게 불러다 세워놓고 벌을 주고, 혼을 내고, 이렇게 부모까지 불러서 일을 크게 만들고……. 우리 애, 자존감 떨어지고 앞으로 학교생활 제대로 못 하면 여기 계시는 선생님들이 책임지실 건가요? 네?"

말 그대로 방귀 뀐 놈이 성내는 꼴이었다. 세상엔 이런 경우가 허다하다. 사람을 죽여 놓고도 고개를 뻣뻣이 드는 범죄자들을 TV에서도 보지 않았던가. 양심도 없고 얼굴에 철판을 간 사람들이 세상에 수두룩한데, 왜 장애인의 부모는 이유도 없이 미안해야 하는 걸까?

'정말 짜증 나! 왜 이유도 없이 미안하다고 해? 연두가 뭘 어쨌다고. 자꾸 저렇게 구부정하게 고개 숙이고 다니니까 사람들이 깔보지!'

채아는 씩씩거리며 집으로 향하는 길에 생각했다. 내일은 연두에게 '미안해'라는 말을 빼도 된다고 알려줘야겠다고.

'미안해. 나는 장애가 있어. 혼자 있고 싶어. 좀 비켜줄래?'

연두가 습관처럼, 로봇처럼 내뱉는 저 말속에 미안할 이유는 없었다. 혼자 있고 싶어서 비켜 달라는 것은 정당한 요청이고, 장애가 있는 것은 누구에게도 미안할 이유가 아니다. 연두는 미안한 아이가 아니다.

다음 날, 채아가 잠깐 화장실을 다녀오는 사이, 주희가 또 연두를 귀찮게 하고 있었다. 연두가 난감해한다는 걸 모두가 알고 있을 텐데, 아무도 주희를 말리지 않았다. 때론 침묵도 폭력이다. 비겁한 폭력. 채아는 주먹을 꼭 말아 쥐었다. 오늘은 제대로 주희를 떼어놓을 참이다. 망신을 주든, 욕을 하든, 머리카락을 쥐어뜯든……. 더는 두고 볼 수 없다고 생각하며 채아는 주희에게 다가섰다. 그때였다.

"시, 싫어!"

"뭐?"

"시, 싫어! 사, 사진 싫어! 사진 싫어, 연두!"

숨 쉴 틈 없이 다급하게 말을 쏟아낸 연두가 한숨 고른 후 다시 익숙한 말을 이었다.

"미, 미안해. 나는 장애가 있어. 호, 혼자 있고 싶어. 비, 비켜줄래?"

연두가 큰 소리로 '싫다'라고 하자 당황한 주희가 따지듯 되물었다.

"왜? 왜 싫어? 그냥 사진인데, 친구끼리 사진 찍는 게 왜 싫어?"

"시, 싫어! 사진 싫어! 연두!"

"그러니까 왜 싫으냐고? 사진 찍는 게 싫은 거야, 내가 싫은 거야? 별꼴이야, 정말."

"시, 싫어! 사진 싫어, 연두! 비, 비켜줄래?"

연두가 연거푸 싫다고 말하자, 그제야 주변의 친구들이 주희를 말렸다.

"서주희, 연두가 싫다잖아. 그만해."

"그래, 너 싫다는 말을 듣고도 계속하는 건 폭력이야."

"맞아. 학폭 수업 때 들었잖아. 더 이상 계속하면 담임한테 말씀드릴 수밖에 없어."

학급회장까지 나서서 주희를 말리자, 주희는 씩씩거리며 제자리로 돌아가 앉았다. 채아는 자신을 지켜낸 연두가 기특했다. 가서 꼭 안아주고 싶었지만 모르는 척 조용히 자리에 앉았다. 연두가 뒤돌아 채아를 살피는 듯했다. 하지만 역시나 눈을 마주치지는 않았다. 그래도 채아는 연두를 보며 웃었다. 연두가 알든 모르든 상관없었다. 자신이 연두를 응원한다는 것을 이렇게라도 표현하고 싶었다.

종례가 끝나고 집으로 돌아갈 때, 연두는 채아의 곁에 나란히 서서 걸었다.

"연두가 했어. '시, 싫어!' 이렇게 했어."

"응, 잘했어. 연두야."

"이제 안 속상해! 채아는!"

"응, 맞아. 나는 이제 안 속상해."

연두가 웃었다. 채아도 웃었다.

"연두야, 나 너한테 또 할 말이 있어. 친구들에게 네가 혼자 있고 싶어서 비켜달라고 말할 때, '미안해'라는 말은 안 해도 돼."

"으, 응?"

"'미안해. 나는 장애가 있어. 혼자 있고 싶어. 좀 비켜줄래?' 라고 말할 때, '미안해'는 안 해도 된다고."

"으, 응?"

"네가 장애가 있는 건 미안할 일이 아니라고."

"으, 응?"

연두는 채아의 말뜻을 이해하지 못하고 있었다.

"오늘은 그냥 그렇다는 것만 알고 있으면 돼. 연두는 미안한 친구가 아니야, 알겠지?"

"응!"

채아의 말을 제대로 이해하지 못하는 연두가 답답했지만,

채아는 내일도 모레도 연두에게 반복해서 설명해 줘야겠다고 생각했다. 언젠가는 연두도 자신이 '미안한 아이'가 아니라는 것을 알게 될 날이 꼭 올 거라고, 채아는 그렇게 믿기로 했다.

"안녕! 잘 가!"

"그래, 잘 가! 연두야, 내일 보자!"

어쩐 일인지 연두는 은색 자동차를 타서 창문을 내리고 먼저 손을 흔들었다. 채아도 같이 손을 흔들었다. 마음이 따뜻해졌다. 어쩌면 정말로 연두와 '진짜 친구'가 되어가고 있는 것인지도 몰랐다. 채아는 우빈이를 만나면 오늘 있었던 일을 얘기해 줄 참이었다. 물론 연두가 '싫어!'라고 말한 상대가 주희라고는 말하지 않을 생각이었다. 그냥 연두가 잘 지내고 있고, 서로 조금씩 가까워지고 있다는 것만 살짝 귀띔해 줄 생각이다. 그러면 채아의 따뜻해진 마음이 우빈이에게도 전해질지 모른다. 우빈이에게 지금 힘이 되어줄 수 있는 것은 그 정도뿐이니까.

집에 돌아와 간식을 먹고 학원 가방을 챙긴 후 채아는 습관처럼 SNS를 열었다. 친구들의 게시물에 하트를 누르고 별생각 없이 오늘도 주희의 SNS를 살피기로 한다. 그렇게 주희의 계정에 들어간 채아의 손이 멈칫했다. 그리고 그 손끝이 부르르 떨렸다.

"이게 미쳤나!"

채아는 서둘러 신발을 신고 집을 나섰다. 놀이터에 우빈이가 채아를 기다리고 서 있었다.

"정우빈! 나 오늘 학원 늦어. 일이 좀 생겼어. 너 먼저 가!"

채아는 우빈이에게 소리친 후 달렸다.

"야! 또? 무슨 일인데? 너 오늘도 안 가면 샘한테 진짜 혼나! 샘이 또 결석하거나 지각하면 부모님께 전화한다고 했잖아! 응? 야, 박채아! 너 어디 가는데?"

"신경 쓰지 말고, 넌 학원에 가 있어! 볼일만 보고 금세 따라갈게!"

"그러니까 무슨 볼일?"

"넌 몰라도 돼! 나 배 아파서 화장실 갔다고, 좀 늦는다고 대충 말씀드려!"

"야! 박채아! 너 어디 가는데? 야! 야, 인마! 박채아아아!"

채아는 숨을 헐떡이며 달렸다. 분했다. 오늘 주희를 제대로 상대하지 않은 것을 후회했다. 주희가 이렇게까지 치사하게 나올 줄은 몰랐다.

"나쁜 계집애. 내가 오늘 너를 가만 안 둬. 정말 죽어버릴 거야!"

주희는 연두와 찍은 사진을 SNS에 올렸다. 카메라 렌즈를 제대로 쳐다보지도 않고 멍한 표정으로 찍힌 연두의 사진은 우스꽝스러웠다. 역시나 친구들의 반응은 재미있었다.

- 옆에 있는 애 누구? 표정 왜 저럼?

- 소연두, 우리 학교 특수반.

- 아, 장애인? 표정 개웃김.

- 서주희 존나 착함. 장애인하고 친구 먹음.

- 생긴 건 예쁘게 생겼는데, 존나 안습.

- 예쁘긴, 병신 티 남.

주희는 내친김에 페이크 앱을 이용해 자신의 춤 영상에 연두의 얼굴을 가져다 붙였다. 멍한 표정으로 춤을 추는 영상은 말 그대로 코미디였다. 아무리 춤을 잘 추어도 얼굴이 바뀌니 우스웠다. 주희는 연두의 우스운 꼴이 만족스러웠다.

'나니까, 나 서주희니까 춤을 추고 노래를 불러도 쩌는 거라고. 네 얼굴로는 존나 구릴 수밖에 없어. 이게 너 소연두와 나

서주희의 차이야. 정우빈, 너도 봐봐. 소연두가 얼마나 구린
지……. 너는 연두를 좋아하는 게 아니야. 연두가 불쌍하니까
착한 너는 마음이 쓰이는 것뿐이라고. 그래, 연민이고 동정이
지, 절대 사랑이 아니야! 네가 이렇게 구린 애를 정말 좋아할
수 있다고? 아니! 그건 있을 수 없는 일이라고!'

주희가 영상을 올리자마자 반응은 폭발적이었다.

- 이건 또 뭐임? 개웃김.
- 춤은 서주희가 추는데 얼굴은 병신일세.
- 코미디가 따로 없음.
- 오늘의 최고 웃짤.
- 간만에 웃었음. 이 영상 퍼가도 됨?

주희는 예상했던 반응을 즐겼다. 물론 주희를 지적하는 댓
글들도 간혹 눈에 띄었지만, 주희는 무시했다.

- 이 영상 허락받고 올리시는 건가요? 문제 될 수도.
- 보기에 좀 불편하네요.

주희의 SNS를 지켜보던 이들 중에는 말없이 조용히 팔로우를 끊어내는 이들도 있었다. 주희가 올린 영상이 옳지 않다고 판단한 이들이었다. 하지만 SNS의 소문은 빨랐고 호기심에 부러 찾아오는 이들은 늘어났다. SNS는 세상과 똑 닮아 있었다. 옳은 소리는 쉽게 묻혔고, 호기심은 증폭되었다. 주희가 실시간으로 올라오는 댓글들을 모니터링하고 있을 때, 메시지가 도착했다. 채아였다.

- 서주희, 너 당장 내려와. 나 너희 집 앞.

- 어쩐 일?

- 몰라서 물어? 당장 내려와!

- 나 지금 좀 바쁜데? 이따가 학원도 가야 하고.

- 잔말 말고 빨리 내려와. 내가 올라가서 죽여버리기 전에.

- 무서워 죽겠네. 기다려. 나 화장 좀 고치고.

- 까불지 말고, 당장 내려와! 당장!

열이 바짝 오른 채아를 보니 고소했다. 이제야 제대로 채아를 이겨 먹은 것 같았다. 주희는 느긋하게 나갈 채비를 했다. 립틴트는 새빨간 색을 골라 발랐다. 거울을 보며 주희는 혼자

실망   149

중얼거렸다.

'그래, 말도 안 되지. 어디서 감히 소연두 따위가……. 제 주제도 모르고 날뛴 것에 비하면 이 정도 망신은 망신도 아냐. 소연두 너는 더 당해도 싸. 안 그래? 박채아, 너도 마찬가지야. 너 따위 이제 난 하나도 무섭지 않거든! 네가 우빈이 절친이라길래 그동안 이만큼 봐준 거라고. 알기나 알아?'

한껏 멋을 부린 주희가 아파트 현관에 나타나자 채아가 잔뜩 독이 오른 얼굴로 씩씩거리며 다가섰다.

"아이고, 무서워라. 야! 뭘 그렇게 무섭게 노려봐?"

"내놔!"

"뭘?"

"네 휴대폰 내놓으라고!"

"왜? 내 휴대폰을 네가 왜? 너 지금 나 삥 뜯니?"

"그 입 닫고, 당장 지워! 연두 사진, 당장 지우라고!"

"네가 뭔데? 네가 뭔데 이래라 저래라야? 네가 연두랑 뭔 상관인데?"

"너 진짜 죽고 싶어? 삭제해! 당장 삭제하라고!"

"싫은데?"

"싫어? 네가 정말 사람이냐? 같은 반 친구를 병신 만들고 싶어?"

"뭐래, 내가 연두를 병신 만들었다고? 걔 원래 병신이야."

"병신? 연두가 병신이야?"

"병신 아니면 뭔데? 너도 알잖아. 소연두 병신이고 찐따인 거. 너 정말 몰라?"

"찐따는 너야! 연두는 장애가 있는 거라고!"

"그게 그거 아니냐? 장애나 병신이나 찐따나!"

"나쁜 년!"

채아가 주희의 뺨을 있는 힘껏 내려쳤다. 주희의 얼굴에 벌겋게 손자국이 올라왔다.

"야! 너 지금 나 쳤니? 박채아, 너 완전 돌았구나?"

주희가 소리쳤고, 지나가는 이들이 힐끔거렸다.

"그래, 돌았다! 왜? 내가 널 못 때릴 줄 알았어? 내가 경고했지? 너 죽여버린다고!"

"그래! 죽여봐, 어디. 죽여보라고!"

주희가 얼굴이 벌건 채로 실실 웃으며 약을 올리자, 채아가 주희의 머리카락을 기세 좋게 붙잡았다.

"야! 이거 안 놔? 아야! 박채아, 놔! 놓으라고! 도대체 소연두가 뭔데 네가 나한테 이렇게까지 하는 건데! 도대체 왜!"

"너는 도대체 왜! 연두가 뭘 잘못했다고 이 난리인 건데!"

채아는 악을 쓰는 주희의 머리카락을 다 뽑아버리기라도 하겠다는 듯 손아귀에 더 세게 힘을 줘 바짝 움켜쥐었다.

"아야! 박채아, 너 진짜! 나도 정말 더는 못 참아!"

주희도 지지 않겠다는 듯 채아의 머리카락을 맞붙잡으며 악을 썼다.

그때였다.

"야! 박채아, 서주희! 너희 지금 뭐 하는 거야? 너희들 미쳤어?"

어느새 우빈이 달려와 엉켜 있는 둘을 뜯어말렸다.

"너희들 또 왜 이래? 지금 제정신이야?"

"정우빈, 넌 모르는 척해. 그냥 가."

"이 꼴을 보고 어떻게 그냥 가. 도대체 무슨 일인데 주먹질까지 해? 너희 깡패냐?"

우빈을 사이에 두고 둘은 씩씩거리며 분이 안 풀린다는 듯 서로를 노려보고 있었다.

"너희 진짜 해도 해도 너무한다. 도대체 또 무슨 일이 있었는지는 모르지만, 기어이 이렇게 치고받고 싸움질까지 해야겠냐? 꼬맹이들 보는데 창피하지도 않아? 얘들아, 이 누나들 이제 다 싸웠대. 얼른 가서 놀아. 그만 구경하고."

그제야 주변을 흘끔거리며 슬금슬금 몰려들었던 어린 친구들이 자리를 피했다. 머리가 산발이 된 채아와 주희도 손빗으로 머리를 쓱쓱 빗어 정리했다. 여전히 씩씩거리면서.

"너희 정말 적당히 해라. 이게 무슨 짓이냐? 정말 눈 뜨고 못 봐주겠다."

"채아, 쟤가 먼저 때렸단 말이야! 내가 뭘 그렇게 잘못했다고 사람 뺨을 때려? 도대체 내가 뭘 그렇게 잘못했다고……. 흑흑……."

주희가 보란 듯이 주저앉아 울기 시작했다.

"야! 서주희! 뭘 잘했다고 울어? 너 지금 우빈이 앞에서 쇼 하는 거 다 알아. 어설픈 쇼 하지 말고, 너 당장 삭제해. 나는 분명히 말했어. 안 그럼 내일 신고할 거야. 내 말 무시하지 마. 난 분명히 경고했으니까."

"뭐, 뭔데? 뭘 삭제하고 말고인데? 너희들 좀 알아듣게 설명해 봐."

"됐고. 정우빈, 나 먼저 학원 간다. 너도 빨리 따라와. 쟤는 그냥 내버려 두고."

"야! 이러고 가긴 어딜 가? 야! 박채아!"

우빈이 앞에서 연두가 겪은 일을 설명하고 싶지 않았던 채아는 쌩하니 돌아섰다. 주희는 계속 흐느꼈고, 우빈은 주희를 일으켜 벤치에 앉혔다.

"도대체 무슨 일이야? 제발 좀 둘이 사이좋게 지내면 안 돼? 너희 정말 언제까지 이럴래?"

"흑흑. 너도 봤잖아. 채아가 날 못 잡아먹어서 안달인 거. 친구랑 찍은 사진 좀 올렸다고 저러는 거야, 쟤."

"친구랑 찍은 사진?"

"같은 반 친구랑 찍은 사진을 올린 것뿐이야. 흑흑. 박채아 도대체 뭐냐? 내 게시물을 자기가 뭐라고 지우라 마라야? 너한테도 하트를 취소해라 마라 간섭하고……. 박채아, 쟤 제멋대로 구는 거 나도 더는 못 참아! 더는 못 참는다고! 흑흑흑."

우빈은 주희의 말에 가만 주희의 SNS를 열어보았다.

텅.

우빈은 할 말을 잃었다. 가슴이 뻥 뚫려버린 것 같았다. 주희가 친구라고 말한 그 아이가 모두에게 놀림을 당하고 있었다. 우빈이 사진을 말없이 바라보는 동안에도 사진 속 아이를 조롱하는 댓글은 계속 올라오고 있었다. 그리고 영문을 모르는 그 아이는 꼼짝없이 그렇게 당하고만 있었다. 그러니까 그 아이, 우빈이가 좋아하는 연두가.

우빈이의 얼굴은 딱딱하게 굳어갔다. 잠시 후 우빈이는 자리에서 일어서 차갑게 돌아섰다. 주희에게 아무 말도 하지 않은 채로. 우빈이의 눈치를 살피던 주희가 당황해 우빈을 붙잡았다.

"야! 정우빈……. 너, 화났어? 그냥 가면 어떻게 해?"

"이거 봐."

"우빈아, 나는 그냥 사진만 찍은 거야. 그게 잘못이야?"

"후우…….."

우빈은 한숨을 깊이 들이쉬고 내쉰 후, 눈을 천천히 감았다 떴다. 화를 삭이려는 듯. 그러고는 냉정한 얼굴로 물었다.

"주희야, 서주희……. 그래, 나 하나만 묻자. 너 도대체 왜 이렇게까지 하는 거야? 왜 연두를 이렇게 놀림감으로 만들어? 나 때문이야? 내가 연두를 좋아하니까? 이래서 네가 얻는 게 뭐야? 네가 이런다고 뭐가 달라질 것 같니? 너 이건 너무 잔인하다고 생각 안 해? 너 연두에게 미안하지 않아?"

"내, 내가 뭘? 내가 언제 연두를 놀림감으로 만들었다고 그래?"

"그럼 아니야? 이게 정말 친구랑 찍은 사진이니? 이건 그냥 연두를 놀림감으로 만들려는 거잖아. 안 그래?"

"난 연두를 부러 놀림감으로 만든 적 없어. 연두는 원래 그런 애야."

연두를 편드는 우빈이 아니꼽다는 듯 주희가 힘주어 말했다.

"원래 그런 애?"

"그래! 네가 좋아한다는 연두는 원래 그런 애라고. 내가 그 애를 그렇게 만든 게 아니라, 걘 원래부터 그런 애였어. 그냥 처음부터 찐따였다고! 난 그걸 너에게 알려주고 싶었던 것뿐이야."

"……."

"뭐야? 설마 너 몰랐어? 걔가 찐따라는 걸 모르고 좋아한 거였냐고."

"……."

우빈은 입술에 힘을 주어 입을 다물었다. 주희를 향한 화를 참기 위해서였다. 우빈의 표정을 찬찬히 살피던 주희가 눈치 없이 말을 이어갔다.

"어머, 맞아? 정말 너 몰랐어? 소연두 장애가 있어. 자폐장애야. 아주 심각해. 나랑 어울릴 수 없는 애라고. 그래, 그럴 줄 알았어. 네가 몰랐던 거였어. 그럼 그렇지, 네가 설마 알면서도……."

"야 인마, 서주희! 그만! 그만하라고! 그러고 보니 너야말로 정말…… 원래…… 원래 그런 애였구나?"

"뭐?"

"채준이 형 죽었을 때 네가 채아에게 한 말…… 난 실수라고 생각했어. 어쩌다 보니 너도 모르게 생각지도 못한 말이 툭 튀어나온 거라고. 네가 채준이 형이랑 채아에게 그래도 속으로는 미안해하고 있을 거로 생각했어. 그래서 언젠가는 네가 제대로 사과할 거라고 기대했어. 그렇게 너희 둘이 다시 친구가 될 수도 있다고 믿었다고! 그런데 내가 틀렸어, 완전히 틀렸어! 오늘 보니 확실히 알겠다. 너는 그냥 원래……. 그래, 서주희 넌 원래 못된 애였던 거야!"

"야! 정우빈! 연두는 네가 좋아할 만한 애가 아니란 말이야! 난 그걸 보여주려고 한 것뿐이라고! 근데 그게 잘못이야? 그게 못된 거냐고!"

"서주희, 너 내 말 잘 들어. 난 연두가 자폐장애가 있는 걸 이미 알고 있었고, 그래도 난 그 애가 좋아. 그리고 네 덕분에 더 확실해졌어. 나쁜 친구에게 아무것도 모르고 그저 호되게 당하고만 있는 연두가 너무 안쓰러워서 내가 도와주고, 지켜

주고, 편들어 줘야겠다고! 내가 반드시 그래야겠다는 생각이
든다. 덕분에.”

“뭐? 야! 도대체 왜?”

“내 눈에 지질하고 우스꽝스럽고 볼품없는 사람은……. 연
두가 아니고 너야, 서주희. 약한 사람의 흠을 이용해서 네가
도드라져 보이고 싶어 하는, 진짜 답 없는 찐따 관종은 너라
고.”

“뭐, 뭐? 찐따? 너 정말 어떻게 나한테…….”

“네가 차마 듣기 싫은 말이라면, 연두도 그럴 거야. 그 애도
너에게 ‘찐따’라는 말을 들을 이유는 없지, 안 그래? 어쨌든 난
너한테 정말 실망했다, 서주희. 그래도 난 네가 정말 나쁜 애
는 아니라고 생각했는데……. 이처럼 형편없을 줄은 몰랐어.
나는 채아처럼 너한테 제대로 화도 못 내겠다. 화를 내는 것도
아까워. 그리고 충고하겠는데, 사진이랑 영상은 내리는 게 좋
을 것 같다. 연두가 아니라 널 위해서. 모두가 너에게 실망하
기 전에. 네 친구였던 내가 널 위해 해주는 마지막 충고다.”

우빈은 돌아섰다.

“야, 정우빈! 그냥 가면 어떻게 해! 우빈아, 정우빈! 흑흑!
야! 정우빈! 어흐흑흑!”

주희의 울음이 놀이터를 가득 채웠지만, 우빈은 뒤돌아보지 않았다. 우빈의 가슴이 뜨거워졌다. 주희에게 한바탕 쏟아부었지만, 화가 가라앉지 않았다. 연두에게 몹쓸 댓글을 단 녀석들을 찾아가 모조리 주먹을 날리고 싶었다. 우빈은 주먹을 꽉 말아쥐고 입술을 깨물었다. 반드시 연두의 편에 서겠다고, 어떻게든 연두를 지켜주겠다고 다짐하면서.

'연두⋯⋯. 우리 연두는 너희들이 그렇게 함부로 대할 아이가 아니라고!'

세상의 모든 연두

한동안 학교가 시끄러웠다. 익명의 누군가가 주희를 사이버 폭력으로 경찰에 신고했고, 그것은 동시에 학교 폭력 사건으로 이어졌다. 채아 역시 주희를 신고해 제대로 혼쭐을 내주려고 벼르고 있었지만, 그날 밤 주희가 게시물을 삭제한 것을 확인하고 그만두었다. 주희를 감싸주고 싶었다기보다 주희와 더 이상 엮이고 싶지 않았기 때문이다.

"뭐야? 그걸 신고했다고? 그사이에? 누가? 박채아 아니야?"

"채아는 아냐."

주희가 손끝을 잘근잘근 씹으며 대답했다.

"네가 그걸 어떻게 알아? 채아가 아니면 또 누구야? 연두에게 관심 있는 애가 또 있어? 누군데?"

"그러게……. 누구지? 누가 연두 편을 든 거야?"

"아무튼 박채아는 아냐."

정작 주희는 채아가 아니라고 믿고 있었지만, 주희의 무리는 채아를 의심했다. 채아는 신경 쓰지 않았다. 주희를 벌주고 싶었던 마음은 채아도 마찬가지였으니까. 주희의 무리처럼 주희가 올린 영상을 보고 킥킥거리는 아이들도 있었지만, 그걸 보고 불편한 아이들도 있었다는 게, 그렇게 연두를 지켜주고 싶어 하는 친구들이 있었다는 게 채아는 다행이라고 생각했다. 세상이 기울어졌다는 것을, 차별과 혐오를 알고 느끼고 있는 이들이 있다는 것에.

주희와 같은 반 친구들은 모두 선생님께 불려 가 조사를 받고 진술서를 썼다. 주희의 SNS를 공유하는 다른 반 친구들도 불려갔다. 별것 아니라고 여겼던 일이 커지자 아이들은 긴장했고, 주희는 겁을 먹은 듯 기죽은 모습으로 상담실을 여러 차례 오갔다.

이 일은 순식간에 학교 전체에 퍼졌다. 인근의 학교와 학원에도 소문이 파다했다. 오가는 아이들이 너 나 할 것 없이 주희에게 곱지 않은 시선을 보냈다. '서주희, 쟤 앞으로 연예인은 못 하겠네. 요즘 때가 어느 때인데……. 왕따에 학폭 논란

이면 끝이지, 뭐. 안 그래?' 하는 등의 이런저런 뒷말이 오갔다. 주희도 그것을 느꼈다. 그날, 냉랭하게 돌아선 우빈이처럼 자신에게 실망한 친구들이 많다는 사실이 연예인을 꿈꾸던, '인싸'였던 주희를 참담하게 만들었다.

주희의 엄마도 연두의 엄마도 어두운 얼굴로 학교에 다녀갔다. 다행히 연두는 별다른 반응이 없었다. 여전히 수업 시간엔 그림책을 봤고, 쉬는 시간엔 이어폰을 꽂고 음악을 들었다. 가끔 채아의 자리에서 서성였고, 수업이 끝나면 채아와 함께 교문 밖을 나섰다.

집으로 향하는 길, 채아와 나란히 서서 양팔을 살짝 벌리고 종종 걷는 연두에게 채아가 물었다.

"연두야, 너 괜찮아?"

"응! 괜찮아! 연두, 좋아!"

채아의 마음은 꼬깃꼬깃한데, 연두는 뭐가 그렇게 좋다는 것인지 채아는 알 수 없었다. 그러면서도 '연두가 정말 괜찮고 정말 좋았으면, 앞으로도 계속 그랬으면……' 하고 생각했다.

"으이그. 소연두, 넌 만날 뭐가 그렇게 좋냐?"

"응! 좋아! 참 좋아! 연두!"

"그러니까 뭐가 그렇게 좋냐고? 좋을 게 하나도 없는데, 넌 뭐가 그리 좋아? 응?"

연두가 눈을 감고 숨을 잠깐 들이쉬고는 다시 눈을 동그랗게 뜨고 대답했다.

"좋아! 바람, 하늘! 음, 음……. 채아! 연두는 좋아! 참 좋아! 다 좋아!"

바람과 하늘, 그리고 채아 역시 좋다는 연두의 대답에 채아는 울컥했다. 연두의 그 '좋다'라는 말이 채아의 심장을 두 손으로 꼭 쥐었다가 스르륵 놔주는 듯한 기분이 들었다. 따뜻하면서도 뭉클했다. 채아도 연두처럼 눈을 감고 잠깐 숨을 들이마신 후 하늘을 올려다봤다. 깨끗하고 맑은 하늘이었다. 그리고 그 하늘을 닮은 연두를 바라보며 말했다.

"그러네. 정말 좋다. 바람도, 하늘도 그리고 연두 너도……. 나도 참 좋다."

연두가 웃었고, 채아도 웃었다. 그렇게 둘은 연두가 바라보는 그 하늘을 향해 조금씩 자라고 있었다.

학교는 꽤 오랫동안 뒤숭숭했지만, 이내 잠잠해졌다. 연두의 엄마가 주희의 처벌을 원치 않아 주희는 반성문을 쓰고 연두에게 사과하는 것으로 처벌을 대신했다고 했다. 이를 계기로 학교에선 학교 폭력 예방 교육과 장애 인식 개선 교육이 연이어 있었다. 채아는 문제가 터지고 나서야 불을 끄려는 어른들이 못마땅했다. 채아의 반은 학급 회의 때에도 같은 주제로 토의해야 했는데, 채아는 아이들의 형식적인 말들을 듣기가 거북했다.

"장애가 있는 친구를 괴롭히는 건 가중 처벌 된다고 들었어. 우리는 앞으로 장애가 있는 친구에게 피해를 주지 않도록 더 신경 써야 한다고 생각해."

"처벌을 피하려고 장애가 있는 친구에게 신경 쓰는 것보다, 측은지심의 마음으로 더 배려하고 양보하고 돌봐줘야 한다고 생각해. 그게 약자를 대하는 자세여야 하니까."

한참 아이들의 이야기가 오갈 때 채아가 번쩍 손을 들고 자리에서 일어났다.

"아니, 난 그렇게 생각하지 않아."

"박채아, 그렇게 생각하지 않는다니 무슨 말이야?"

토의를 진행하던 학급회장이 의아한 얼굴로 채아에게 물었다.

"측은지심? 그 말이 틀렸다는 이야기야. 너희도 알겠지만, 우리 오빠는 자폐장애인이었어. 3년 전에 죽었고. 그러니까 나는 장애 가족이고, 그래서 누구보다 그 심정을 잘 알아. 우리 오빠와 우리 가족이 바라던 건 측은지심 같은 게 아니었어. 아니, 되레 우리를 불쌍하게 생각하는 그 마음이 불편했어. 어설픈 동정이나 연민, 뭐 그런 것들 때문에 더 마음이 상하기도 했지. 그러니까 내 말은, 불쌍해서 일부러 오버해서 잘해줄 필요는 없다는 말이야."

"그럼? 잘해주지 않아도 된다는 거야?"

"그래, 특별히 잘해주지 않아도 돼. 그냥 똑같이만 대해주면 돼. 그러니까 나를 대하듯이 연두를 대하면 된다는 뜻이야. 연두가 시끄러운 걸 못 참으면 그냥 좀 조용히 해주면 되는 거야. 내가 생리통으로 예민할 때 너희들이 날 안 건드리는 것처럼. 밥을 천천히 먹는 회장에게 급식 줄을 양보해 주는 것처럼. 그 정도는 그냥 같은 반 친구끼리 해줄 수 있는 배려잖아. 장애인이라서 불쌍해서 잘해주겠다는 생각은 틀렸어. 그건 차별이야. 성격과 성향이 다른 친구에게, 어려움을 가진 친구에게, 친구니까 친구로서 친구끼리 해줄 수 있는 걸 해주는 거야. 그것이면 충분하다고 생각해."

"맞아. 박채아 생리할 때 건드리면 다 죽으니까."

채아의 짝꿍이 혀를 내밀며 목이 졸리는 포즈를 취했고, 아이들이 모두 까르르 웃었다. 채아도 "너 진짜 죽을래?" 하며 짝꿍에게 헤드록을 걸며 자리에 앉았다. 회의는 그렇게 마무리되었다. 장에가 있든 없든 우리는 같은 반 친구이며, 모두가 친구를 소중히 대하자고. 나를 대하듯이 너를, 장애를 구분하지 말고 모두를 그렇게 대하자고. 어쩌면 또 금세 아이들에게 연두는 있는 듯 없는 듯한 아이가 되어버리겠지만, 이렇게라도 속엣말을 털어놓으니 채아는 조금은 짐을 덜어낸 듯한 기분이 들었다. 그렇게 주희가 만들어 낸 그 어이없는 사건은 천천히, 그리고 조용히 일상에 묻혔다.

채아의 학교가 한바탕 뒤숭숭할 때에도 우빈은 여전히 매일 도서관에 들러 연두를 만났다. 연두가 벗나무 아래에서 엄마의 은색 자동차를 기다리는 그 잠깐 사이, 둘은 인사를 나누고 이야기를 나누는 것에 어느새 익숙해져 있었다. 드디어 연두의 루틴에 우빈의 자리가 생긴 것이다.

오늘은 연두가 안데르센의 『미운 오리 새끼』를 읽고 책장에 다시 꽂아두었다. 우빈은 연두가 꽂아둔 책 모서리를 가만 더듬어 보고 연두를 따라 열람실을 나서며 인사를 건넸다. 언제나처럼.

"연두야, 안녕."

"안녕, 정우빈!"

연두는 허공에 대고 우빈의 인사를 받았다. 우빈이 웃었다. 오늘도 맑은 연두의 목소리가 듣기 좋았으니까.

"『미운 오리 새끼』 재미있었어?"

"안 재미있었어.『미운 오리 새끼』."

"그래? 왜?"

"연두, 73번! 읽었어!『미운 오리 새끼』."

"정말? 엄청 많이 읽었네. 같은 책을 너무 많이 봐서 재미없고 시시한 거구나?"

"아냐! 안 시시해! 그냥 안 재미있어!"

"응? 시시하지 않은데 재미는 없다고? 왜?"

"백조! 싫어! 연두, 싫어! 백조!"

"엥? 백조가 싫다고? 그건 또 왜?"

"미운 오리는 미운 오리, 미운 오리가 백조 되는 거 싫어!"

"아……."

우빈은 말없이 연두를 바라봤다. '미운 오리 새끼'가 아름다운 백조가 되는 것이 싫다는 연두를. 그 말에 어쩐 일인지 우빈의 심장이 저릿했다.

"오리, 안 미워! 새끼 오리, 예뻐! 백조 싫어! 새끼 오리, 좋아!"

연두는 같은 말을 반복했다. 우빈은 연두에게 알겠다고 네 말이 맞는다고 대답했다.

"맞아. 미운 오리 새끼 참 예뻐. 백조가 되지 않아도 정말 예뻐. 그렇지?"

"응! 예뻐! 미운 오리 새끼!"

우빈의 말에 연두가 하늘을 올려다보며 웃었다. 우빈이도 하늘을 함께 올려다봤다. 구름 속에 꼭꼭 숨어 있던 '미운 오리 새끼'가 빼꼼 얼굴을 내밀고 있는 것만 같았다.

"정우빈, 안녕!"

"안녕! 연두야, 잘 가!"

멀리서 천천히 다가온 은색 자동차에 연두가 올라탔고, 우빈은 연두가 시야에서 사라질 때까지 손을 흔들었다. '미운 오리 새끼'를 닮았지만 백조가 되고 싶지 않은, 세상 누구보다도 참 예쁜 연두에게.

뒤뚱뒤뚱 엄마 오리 뒤로 새끼 오리들이 줄을 지어 뒤뚱뒤뚱 걷는다. 공부도 못하고 특출난 재능이 없는 오리들은 저 뒤에 처져 있다가 낙오된다. 의대에 가고, SKY에 가고, 적어도 인서울은 할 수 있어야 무리에 당당하게 낄 수 있다. 그도 아니라면 남다른 재능이 있거나 눈에 띄는 빼어난 외모라도 가졌거나. 그러니까 우빈이는 이대로라면 저 뒤에 처져 있다가 낙오될 순번을 기다려야 할 운명이다.

그런데 그마저도 어쩌면 다행이라고 해야 하는 걸까? 연두처럼 자폐장애가 있는 아이들은 아예 처음부터 줄조차 설 수 없다. 그들에게는 뒤뚱뒤뚱 비틀비틀, 한 걸음 뗄 기회마저도 주어지지 않는다. 정말 기적처럼 백조가 되지 않고서는 영원히 세상의 틀 밖에서 서성거릴 뿐이다. 연두의 말처럼 백조가 되지 않아도 참 예쁜 '미운 오리 새끼'들은 자신의 앞을 가로막은 높고 커다랗고 단단한 벽 앞에서 어쩔 줄 몰라 하고 있을 뿐이다. 낙오될 순번을 기다리는 우빈이는 제 코가 석 자인 것도 잊은 채로 어떻게 하면 그 벽을 허물 수 있을지를 고민했다. 어떻게 하면 연두와 함께 걸을 수 있을지를.

"야! 정우빈, 뭐 해?"

"어? 어, 왔어?"

"너 무슨 생각을 그렇게 해? 사람이 오는 줄도 모르고."

"그냥……. 뭐 이런저런 잡생각."

어느새 다가온 채아가 생각에 잠긴 우빈을 깨웠고, 둘은 학원으로 향했다.

"채아야, 그나저나 너희 학교는 이제 별일 없는 거지?"

"응. 뭐 그럭저럭 똑같아. 왜? 오늘 도서관에서 연두 못 만났어?"

"만났지. 우리 연두는 오늘도 어제처럼 예쁘고, 귀엽고…….
아주 좋아 보이더라."

"그래, 그럼 된 거지. 연두만 좋으면 그걸로 된 거 아냐? 안 그래? 뭐가 또 궁금한데?"

"음……. 주희는? 주희는 요즘 어때?"

"주희? 느닷없이 뭔 관심? 서주희는 왜?"

"그냥……. 요즘 도통 SNS도 안 하는 것 같고……. 학교에서는 어떤가 싶어서."

"나더러 절교해 놓고 주희 SNS는 왜 뒤지냐고 하더니, 너 나한테 옮았냐? 너 서주희 다시는 안 본다고 하지 않았어?"

"그러게, 정말 너한테 옮았나? 이상하게 언행일치가 안 되네, 누구처럼. 큭."

"쳇, 뭐래? 하기야 그 맘 내가 모르는 건 아니니까. 주희는 뭐……. 오디션에는 떨어진 모양이더라. 그 정신에 뭐 춤을 제대로 쳤겠냐? 이리저리 내내 불려 다니고 야단맞고……. 네가 몰라서 그렇지, 사실 그동안 우리 학교 아주 난리도 보통 난리가 아니었거든. 애들 사이에서 이런저런 뒷말도 많았고. 아무튼 네가 무엇을 상상했든 그 이상이었다니까. 아주 쑥대밭이었어. 그러니 아마 주희도 아주 힘들었을 거야. 이번에 정말 제대로 혼나느라 정신이 쏙 빠졌을걸? 하긴, 뭐……. 걘 좀 실컷 혼이 나야 했긴 했지만 말이야. 아무튼 요즘은 춤도 안 추고, 주희답지 않게 아주 조용히 지내고 있어."

"그래? 오디션 떨어졌대? 열심히 연습했는데, 속상하겠다."

"뭐, 아무래도 그렇겠지. 쌤통이다 싶다가도 뭐……. 아무튼 나도 마음이 좀 그래."

둘은 한동안 말없이 걸었다. 주희를 생각하면 가슴에 뭔가가 얹힌 듯 답답하기도 했지만, 또 한구석은 찌르르 저려오기도 했다. 밉고 싫고 화가 나면서도 어딘지 모르게 찌르르 짜증이 나도록 안타까운 듯한 그런 감정에 휩싸였다.

"그런데, 우빈아."

"응?"

"주희 말이야……. 너는 주희가 달라질 수 있을 것 같아? 호되게 이번 일을 겪었으니까 주희가 반성하고 변할 것 같아? 우리 오빠를 대하고 연두를 대했듯이, 이제는 다른 누구에게 그렇게 함부로 안 그럴 것 같아?"

"음, 글쎄……. 모르겠어, 모르겠는데…… 그래도 좀 달라졌으면 좋겠어. 주희를 완전히 포기하고 싶지는 않아. 너는?"

"나도. 나도 너랑 똑같아. 주희가 이제는 또 다른 누군가에게 상처를 주지 않았으면 좋겠어. 그래도…… 어쨌든, 친구니까……."

"넌 주희랑 친구가 아니라며? 죽자고 미워하고 다신 안 볼 것처럼 머리끄덩이 잡고 싸우더니 갑자기 왜 이러서?"

"글쎄, 생각해 보면 세상엔 주희 같은 사람들이 참 많아. 맞아, 정말 많은 것 같아. 다르면 차별하고, 낮으면 짓밟고, 없으면 더 빼앗으려고 하고……. 뭐, 그런 사람들 말이야. 사실 나……. 너도 알겠지만, 어려서부터 그런 사람들 수없이 겪었어. 우리 엄마는 정말 매일매일 하루도 빠짐없이 그런 사람들에게 상처받고 울었어. 그런데 그 사람들 전부를 다 미워할 수는 없더라. 안 그래? 그 많은 사람을 어떻게 다 미워해? 미워하기도 지쳐. 내가 주희를 미워한 건…… 주희니까 미워한 거야. 주희니까 또 이 와중에도 이렇게 기대하는 거고……."

'다른' 사람, '낮은' 사람, '없는' 사람에게 상처를 주는 세상은 여전히 변함이 없다. 오빠가 죽어도 세상은 바뀌지 않았다. 수많은 사람이 목숨을 내놓고, 무릎을 꿇고, 머리를 빡빡 밀고, 소리치고 애원해도 세상은 등을 돌린다. 귀 기울여 듣지 않는다. 하지만 채아는 주희는, 주희만은 들어주기를 바랐다. 등 돌린 주희의 어깨를 붙잡아 다시 돌려세우고 싶었다. 그래서 주희가 미웠고, 여전히 밉고, 앞으로도 미워할 수밖에 없다. 주희를 포기할 수 없어서, 주희에게 기대하고 싶어서.

우빈이 채아와 나란히 걸으며 이어폰 한쪽을 건넸다.

"뭐야? 무슨 노래야?"

"연두가 매일 듣는 노래."

"오호, 정우빈 제법인데? 그래도 둘 사이에 진도가 좀 나가고 있긴 한 거군. 연두가 매일 듣는 노래도 알아내고. 그래, 연두는 무슨 음악을 듣던? 그러고 보니 나도 궁금했는데, 여태 못 물어봤네."

채아가 우빈이의 이어폰을 귀에 꽂으며 말했다. 우빈은 발그레한 얼굴로 며칠 전 도서관에서 책을 보던 연두와 음악에 대해 나눈 이야기를 전했다.

"며칠 전에 내가 연두에게 무슨 음악을 듣고 있는 거냐고 조심스럽게 물어봤거든. 그랬더니 연두가 '쇼팽! 〈녹턴〉!' 하면서 귀엽게 말하는 거야. 입을 요렇게 삐죽거리며 말하는데 얼마나 귀엽던지……. 너도 알지? 연두의 그 귀여운 표정. 흐흐."

"그럼, 알지. 어라? 나 이 음악 들어본 적 있어."

"어쭈, 박채아 제법인데? 클래식도 알고. 만날 아이돌 오빠들 노래만 듣는 줄 알았더니."

"뭐래? 너나 걱정해. 우리 소연두 음악 취향이 아주 그냥 수준급이네. 너야말로 클래식 안 듣잖아. 만날 그 〈쇼 미 더 머니〉에 나오는 이상한 랩만 따라 하고……. 그러고 보니 너희들 음악 취향이 완전 정반대 아냐? 연두는 클래식, 너는 랩. 어쩜 너희는 음악 취향도 완전 안 맞냐. 쯧쯧. 큰일이다, 큰일."

"야! 무슨 소리! 나 오늘부터 클래식만 들을 거거든! 취향은 사랑에 따라 바뀌는 거야. 넌 뭘 몰라도 한참 몰라."

"아이고, 그래서?"

채아는 우빈이 재생시킨 쇼팽의 〈녹턴〉을 함께 들으며 걸었다. 어디선가 들어본 적 있는 익숙한 피아노 연주였다. 가만 듣고 있으니 꿈을 꾸는 것 같기도 했고, 반짝이는 햇살의 소리 같기도, 떨어지는 꽃잎의 소리 같기도 했다.

채아가 음악을 듣는 중에 우빈이 오늘 연두가 읽었다는 『미운 오리 새끼』 이야기를 전해줬다. 연두가 '미운 오리 새끼'는 밉지 않다고, 그 미운 오리 새끼가 백조가 되는 것이 싫다고 했다는 말……. 그 말을 듣고 보니 이 음악 안에 연두가 그동안 읽었다던 책 속의 주인공들이 춤을 추고 있는 것 같기도 했다. '분홍돌고래'와 '혼자가 된 백호'와 백조가 되지 않았으면 하는 '미운 오리 새끼'의 춤. 연두를 닮은 듯 닮지 않은 듯 다정하고 따뜻한 춤사위가 그려졌다. 그 춤은 어쩌면 연두를 생각하는 우빈의 마음을 닮기도, 죽어라 미워하면서도 기대를 저버리지 못하는 주희를 향한 채아의 마음을 닮기도 한 것 같았다. 어쩌면 채아의 마음을 뭉클하게 만들었던 연두의 그 '좋아'라는 말을 닮은 것 같기도 했고.

채아는 고개를 들어 연두가 좋아하는 하늘을 올려다봤다. 머리 위, 어느새 벚나무에 초록 잎사귀가 무성하게 돋아 있었다. 얼마 전까지만 해도 파란 하늘에 연분홍 꽃잎을 흩날리던 나무였다. 그런데 벌써 그 꽃잎을 다 떨구고 열심히 푸른 잎을 키워내고 있었다. 자세히 보니 쨍하게 진한 녹색의 잎사귀들 틈으로 이제야 막 싹을 틔운 여린 연둣빛의 잎사귀들도 보였다. 채아는 가만가만 그 연둣빛 잎사귀를 눈으로 쓰다듬었다.

'연두…….'

겨우내 얼어붙은 땅에서 제일 먼저 삐죽 얼굴을 내미는 새싹은 연둣빛이다. 여리여리한 작은 싹, 연둣빛 여린 새싹은 잎이 되고 줄기가 되고 나무가 되고 씨앗이 되고 또 열매가 된다. 그런데 채아는 연둣빛이라고 해서 꼭 그렇게 무언가가 될 필요는 없다고 생각한다. '미운 오리 새끼'가 꼭 백조가 되지 않아도 되는 것처럼. 연둣빛 새싹은 그대로도 충분히 예쁘니까 말이다. 짙은 녹색이 아니더라도, 빨갛고 노랗게 익지 않더라도, 하늘을 향해 쭉쭉 뻗어나가지 않더라도, 연두는 연두대로 예쁘고 소중하다.

채아는 세상의 모든 연두를 응원하기로 한다.

작고 여린, 세상의 모든 연두를.

저 하늘 위의 오빠를.

"우, 움직이지 마!"

"어? 아, 알았어. 그런데 연두야……. 으, 으~ 아직 멀었어?"

"조, 조금만! 우, 움직이지 마!"

"응……. 아, 알았어."

요즘 연두는 도서관에서 책을 본 후에는 벤치에 앉아 그림을 그린다. 우빈을 모델로 삼아 그림을 그리는 시간이 연두의 루틴에 추가된 것이다. 우빈이 그동안 몰래 그려둔 연두의 모습이 그려진 스케치북을 선물했을 때, 연두는 자신도 그림을 그려보고 싶다고 했다. 우빈이는 그런 연두에게 스케치북과 만년필을 선물했고, 이렇게 매일 같은 시간 연두의 모델이 되어주는 중이다. 다리가 저리고 코가 간지럽고 방귀가 뀌고 싶어도 연두가 그림을 다 그릴 때까지 가까스로 참아내면서.

"다, 다 되었어!"

연두가 자랑스럽게 우빈의 얼굴이 그려진 스케치북을 내민다. 우빈은 스케치북에 그려진 자신의 모습을 보며 활짝 웃는다. 연두가 그리는 그림은 매일 새롭다. 오늘은 콧구멍이 더 크고 눈은 조금 작아졌다. 삐뚤빼뚤한 눈 코 입이지만, 우진은 연두가 그려준 자신의 모습이 오늘도 무척 맘에 든다.

"우와~ 정말 고마워. 오늘은 더 멋지게 그려줬네!"

우빈의 칭찬에 연두의 손가락이 허공에서 춤을 춘다. 얼굴이 조금 붉어진 것도 같다.

"어? 연두야……. 그런데 이게 뭐야? 왜 햇님이 세 개나 있어?"

우진의 얼굴 뒤로 동그란 태양이 세 개나 그려져 있다. 우빈의 물음에 연두는 입을 쫑긋 오므리며 망설임 없이 대답한다.

"빛이 나니까! 우, 우빈이 얼굴 뒤에 비, 빛이 있으니까! 햇님이 방긋 우, 웃고 있으니까! 따, 따뜻하니까!"

그림을 손에 든 우빈이 연두를 바라보며 활짝 웃는다. 우빈의 눈에는 연두가 온통 빛이다.

빛과 빛이 마주하는 순간이다.

『세상의 모든 연두』
창작 노트

밤하늘을 올려다보는 것을 좋아합니다. 달과 별 그리고 캄캄한 어둠의 공간을 가만 바라보고 있으면, '나는 어디에서 왔을까?' 궁금해집니다. 그리고 이내 이 세상 모든 것들이 고귀해집니다. 끝을 알 수 없는 광활한 우주, 그 안에 태양계, 그리고 그 태양을 맴도는 아주 작은 지구라는 행성, 거기에 우리가 있습니다.

"와! 지금 이 순간, 바로 여기에서, 우리가 함께 살고 있다니!"

나와 당신 우리는 모두 하나같이 이 우주의 소중한 생명체이며, 우리가 이렇게 함께 한다는 것은 기적입니다.

연두와 채준이처럼 우리가 함께 살아가는 이 공간에는 나와 조금 다른 이들이 있습니다. 마주치면 조금 불편합니다. 애써 외면하기도 하고 일부러 무시하기도 합니다. 한 공간에 있다는 게 마땅찮아 불쾌해질 때도 있습니다. 때론 불쌍한 마음이 들어 도움을 주고 싶기도 하지만, 차별의 시선이 묻어 있기도 하고 왜인지 모를 우월감이 스며들어 있기도 합니다. 그들은 나와 조금 다를 뿐, 나와 똑같은 이 우주의 빛인데 말입니다. 그리고 사실 연두와 채준이뿐만이 아니라 우리 모두는 다 조금씩 다릅니다. 우리는 똑같이 설계되어 대량으로 찍어낸 로봇이 아니니까요. 그렇기에 이 세상의 중심은 '내'가 아니라 '우리'가 되어야 한다고 생각합니다. 서로의 '다름'을 인정해 조화를 이룬 '우리' 말입니다.

빛과 빛이 마주하는 이야기를 쓰고 싶었습니다. 빛과 빛이 서로에게 스며들어 더 환하고 따뜻한, 더 커다란 빛이 되는 이야기를 쓰고 싶었습니다.

사실, 이 글을 쓰며 많이 망설였습니다. 내 안의 숨은 차별이 누군가에게 또 다른 상처를 주지는 않을까 자꾸만 걱정이

앞섰고, 자료 조사를 하며 가슴이 무겁고 먹먹해졌습니다. 쓸 수 없다고, 쓰지 말자고, 몇 번을 원고를 엎어버렸습니다. 그런데 또 자꾸만 쓰고 싶어졌습니다. 부족하다는 걸 알면서도 쓰고 싶었습니다. 마음이 자꾸만 연두에게로 제 손을 이끌었습니다. 그리고 그 손을 마침내 연두가 잡아주었습니다.

바라는 것은 그저 모두가 행복했으면 하는 것입니다. 내가 당연하게 누리는 일상이 그들에게도 당연히 주어졌으면 좋겠다고 생각했습니다. 그리고 세상의 모든 연두를 향한 시선이 조금은 따뜻해졌으면 좋겠다고.

당신과 나, 우리 모두는 이 우주에서 반짝반짝 빛나는 고귀한 존재입니다.
오늘도 당신을 응원합니다.
사랑합니다.

『세상의 모든 연두』가 세상에 나올 수 있도록 도와주신 '특별한서재' 관계자분들께 감사드립니다. 쓰는 사람으로 그저 연둣빛인 제게 아낌없는 응원을 보내주는 가족과 친구들, 그리고 독자분들께 고개 숙여 깊은 감사를 전합니다. 더 열심히 쓰고 읽는 사람이 되겠습니다.

감사합니다.

2024년 여름

민경혜

세상의 모든 연두

ⓒ민경혜, 2024

초판 1쇄 인쇄일 | 2024년 7월 26일
초판 1쇄 발행일 | 2024년 8월 8일

지은이 | 민경혜
펴낸이 | 사태희
편 집 | 최민혜
디자인 | 홍성권 김경미
마케팅 | 장민영 김민아
제 작 | 이승욱 이대성

펴낸곳 | (주)특별한서재
출판등록 | 제2018-000085호
주 소 | 08505 서울특별시 금천구 가산디지털2로 101 한라원앤원타워 B동 1503호
전 화 | 02-3273-7878
팩 스 | 0505-832-0042
e-mail | specialbooks@naver.com
ISBN | 979-11-6703-125-9 (73810)